무인도에 살 수도 없고

무인도에 살 수도 없고

소노 아야코 에세이   인간에게 성숙이란 무엇인가

책읽는고양이

차례

타인에 대한 감각

미숙하므로 뽐낸다

어느 시대에나 공연히 뽐내는 사람은 우리 주변에 얼마든지 있었다. 그런 사람을 보면 나처럼 생리적으로 반발하는 반응이 있고, 반대로 왠지 모르게 그런 사람을 동경하게 되는 사람도 있다.

현실에는 여전히 계급이라는 것이 있다. 직장에도 상하 관계가 존재한다. 소설가(小說家)란 그런 점에서 변화가 없는 직업이다. 소설가는 죽을 때까지 소설가일 뿐, 이십 년 동안 계속 소설을 썼다고 중설가(中說家), 50년을 계속 쓰면 대설가(大說家)가 되는 일은 없다. 수십 년 지나도 직함에는 변화가 없다.

물론 나이를 먹었다는 것만으로 찻집에서 제일

먼저 내게 차를 가져다주고, 젊은 편집자가 별일 아닌 실수에도 내 앞에서 황공해하는 장면은 계속 연출된다. 그러나 제도상의 직함에는 변화가 없다. 올림픽과 달리 0.01초 차이로 메달 색깔이 바뀌는 일도 없으므로 어디 가서 뽐낼 이유도 없다. 그 와중에도 잘난 척하고 싶어하는 작가들은 이유 없이 잘난 척을 하기 마련이다. 그런 작가들도 적지는 않다.

나는 스물셋 어린 나이에 운 좋게 원고료를 타는 프로 작가가 되었다. 열두 살에 이미 작가가 되겠다고 결심하고 열여덟 살에 문학 동인회에 가담했다. 그때부터 제법 긴 소설을 써왔다. 그런 세월이 올해로 60년이 넘는다. 60년 동안 글을 써온 것이다.

어렸을 때 대바구니 기술자인 할아버지의 공방에서 할아버지를 흉내내다가 대바구니 장인이 된 사람이 있다. 인터뷰에서 처음 이 일을 시작한 게 언제였느냐는 질문에 그는 제대로 대답하지 못했다. 나 역시 언제부터 글을 썼느냐고 묻는다면 뭐라 대답해야 좋을지 모르겠다. 왜냐하면 내 기억 속에서는 6학년 때 쓴 작문도 분명 창작이었기 때문이다. 자기 경험을 쓰는 글짓기였지만, 나는 내 이야기를 하지 않았다. 당연히 글 솜씨는 형편없었다.

한 분야에서 장인으로 대접받기 위해서는 죽을

때까지 배워야 한다. 그것이 1단계다. 그리고 여기에는 출세 같은 건 없다. 기술이 '최상층'에 달했다는 안심도 없다. 그냥 평생토록 기술을 연마하는 장인, 혹은 평생토록 자기 일을 배워야 하는 학생으로 살아갈 뿐이다.

요즘 들어 나에게도 이것만은 내가 남보다 낫다고 여기게 된 것이 하나 생겼다. 부끄럽게도 나이다. 유명인 중에는 자기 나이를 속이는 사람이 꽤 많다. 나로서는 이해가 안 되는 행동이다.

나이 든 게 잘못도 아닌데 왜 그처럼 쓸데없는 거짓말을 하는 걸까. 나와 동갑이면서도 나이를 속여 어린 척하는 사람이라면 아무리 존경할 만한 위인이더라도 친구가 되지는 못할 것 같다. 나이에는 그 나름대로 의미가 있다.

나이가 중요한 것은 자기가 하는 일에 기술적인 긍지를 갖게 되기 때문이다. 즉 이 나이가 될 때까지 일해야만 생기는 작은 차이가 있다. 대단한 것은 아니고 자기만의 독특한 방식이다. 나에게도 작품을 쓸 때 나만의 독특한 방식이 있다. 나로서는 매우 중요한 원칙이지만, 세상에 나만 알고 있는 비밀이어서 아무에게도 말한 적이 없다. 남에게 내 방식을 강요하지도 않는다. 이 케케묵은 세월의 쌓임에서 젊은 작가들과 나의 개성이 구별된다고 나 혼자 믿고 있기 때문이다.

신념이라고 부를 정도는 아니다. 오랜 기간 그렇게 해왔기에 지금도 익숙할 뿐이다. 그게 너무 자연스러워서 이제는 다른 방식을 생각할 수 없게 되었을 뿐이다.

한 가지 예를 들자면 나는 한 문장을 쓰고 행을 바꾸는 걸 싫어한다. 중요 대목에서는 개행한 글 한 줄이 더 큰 울림을 안길 수도 있겠지만, 내가 생각하기에 인간의 감정은 좀 더 길게 지속되지 않으면 끝에 다다르지 못하는 것 같다. 단락을 짧게 끊는 작가들 말로는 문장이 길수록 독자가 힘들어한다는 것인데, 나는 천성이 악의적이라 쓸데없이 줄을 바꿔 원고지 장수를 늘리려는 게 아닌가, 의심하게 된다. 많은 글을 쓰지 않고도 정해진 매수를 채우려는 것으로 보인다.

이렇게 글을 쓰는 소설가도 있다. 제임스 조이스라는 작가다. 그의 작품은 페이지의 첫째 줄부터 마지막까지 행이 바뀌지 않는다. 한 문장이 여러 페이지에 걸쳐 이어진다. 페이지가 글자로 가득 차 눈이 어지러울 정도다. 읽는 도중에 책장을 잠시 덮고 쉬었다간 어디까지 읽었는지 찾아내는 것조차 힘들다.

그는 이런 점착성의 문장만이 작가의 숨결을 표현한다고 생각했던 모양인데, 동의하지는 않아도 반대할 생각은 없다.

그래도 작가의 이기적인 표현이라는 반감이 생기는 건 어쩔 수 없다. 책이 시커멓게 보일 정도로 활자가 가득 담긴 문장을 따라갈 수 있는 독자가 몇이나 될까. 상식적으로 말이다.

상식이라는 것을 경멸하는 예술가가 많다. 그렇게 하는 것이 개성적인 작가의 조건이라고 생각하는 모양인데, 나는 '위대한 상식' 만큼 훌륭한 예술은 없다고 믿는다. 상식에 맹목적으로 따르자는 말은 아니다. 단지 보편적인 인간성을 나타내는 기준을 무시해서는 안 된다고 생각한다.

하긴 행을 자주 바꿔 적은 글줄로 원고지 한 장을 채우고 싶다는 욕망은 작가들의 불치병과 같다. 좀 심하게 비유하자면 단 세 글자로 원고지 세 줄을 쓰는 방법도 있다. 예를 들자면 이런 식이다. 내가 어렸을 때만 해도 군대는 기본이고 학교에서도 군대식 훈련이라는 게 상식이었다. 인원수를 셀 때 일렬로 나란히 서서 "번호!"라는 선생님 구령에 맞춰 학생들은,

"1!"

"2!"

"3!"

하고 큰소리로 번호를 외친다. 소설에 이런 장면을 집어넣으면 '1, 2, 3' 이라는 숫자 세 개로 원고지 세 줄을 쓸 수 있게 된다. 가장 쉽게 원고료를 버는 방법이다.

문장마다 행을 바꾸는 것은 원고료를 쉽게 벌려는 비열함이다. 물론 행을 바꾸지 않고서는 의식의 흐름을 이어가지 못하는 경우도 있다.

상식은 상대의 존재를 의식하는 데서 시작된다. 상대가 어떻게 나오든 나랑 무슨 상관이냐는 무관심에서 비상식이 비롯된다. 상대가 어떻게 느끼든 상관없다, 상대방의 행복과 불행까지 신경 쓰고 싶지 않다는 사람이 더 많을 것이다. 사람이란 원래 이기적이기 때문이다. 나의 예술은 위대하고, 경영자로서 나의 수완은 절대적이고, 가정에서 나는 가장 위대한 아버지이며, 따라서 가족들이 나를 따라야 한다는 생각은 한 시대 전 이야기가 아니라 지금도 쉽게 볼 수 있는 모습들이다. 그들에게는 타자의 존재와 타자의 감정은 고려할 가치가 없다. 자기 생각이 만들어낸 세계만이 절대이며, 타자에게 맞춰줄 필요는 없다고 말한다.

타인과 외부 세계에 대한 감각의 부재에서 미숙한 어른이 태어난다.

잘난 척하는 사람 상대하는 법

　스물셋 어린 나이부터 소설 세계에 몸담았기에 잘난 척이 심한 선배, 동료, 후배 작가들을 숱하게 겪었다. 명성을 조금 얻은 후에는 다양한 분야의 성공한 사람들과 이야기할 기회가 생겼고, 그 만남 속에서도 자기만 생각하는 사람들을 많이 만났다. 덕분에 나는 잘난 척하는 사람들과의 만남에 익숙해졌고, 그들을 상대하는 법도 배우게 되었다.

　다행히 나는 직장에 다닌 적이 없다. 즉 내 위에는 상사가 없다. 나를 무시하고, 내게 명령하는 사람과 함께 일하지 않아도 된다는 점에서 행운이었다. 내 성격상 나는 상대방이 자기를 과시할수록 마음이

놓였다. 자기를 과시하고 싶은 사람을 다루는 법은 그냥 내버려두는 것이기 때문이다. 이보다 간단한 인간관계는 사실 흔치 않다.

잘난 척하는 사람들은 말투만 봐도 알 수 있다. 처음 보는 나에게 '아, 그래?' '수고했어' 라는 투로 말한다. 처음 보는 사람에게 이것은 예의가 아니다. '아, 그렇습니까' '수고하셨습니다' 라는 말이 그토록 자존심에 상처를 주는 것일까.

우리 엄마는 구식이었다. 그래서 나보다 나이가 많은 사람에겐 반드시 '감사합니다' 라고 존댓말을 써야 한다고 가르치셨다. 그런데 요즘은 방송에서도 나이 어린 사람이 윗사람에게 서슴없이 '수고했어', '힘들었지' 라고 말한다. 마치 '그랬어요' 는 굴종, '그랬어' 는 자신감처럼 여겨지고 있다. 시골 할머니라면 모를까, 멀쩡한 사람들이 몇 번 만난 적도 없는 사람에게 서슴없이 반말부터 하는 것은 친근감의 표시가 아니라 상대를 무시하고 깔아뭉개려는 의지, 또는 상대방에 대한 배려를 상실한 무지의 행태다. 이처럼 거칠고 막된 성격이 외무성을 비롯한 관청 엘리트 공무원 중에도 많다. 그들은 자기보다 나이 많은 기자, 민원인에게 함부로 반말을 섞는다. 거드름을 피우는 것이다. 말씨에서 거친 감각이 느껴진다.

이런 사람일수록 상대 계급에 민감하다. 이 사람 앞에서 거드름 피웠다간 큰일 난다는 것을 어찌 그리 잘 깨닫는지 자기보다 힘센 인간이 보는 데선 항상 겸손하고 상냥하다. 그에 대한 피로감 때문인지 자기보다 약하다고 생각되는 사람에겐 한없이 강하다

내 지인 중에도 그런 분이 있다. 그는 늘 싹싹하고 온화한 성격이어서 속으로 많이 좋아했었다. 어느 날 내가 아는 여성을 그분에게 소개한 적이 있다. 모임 도중이라 사람들로 복잡하긴 했지만, 남자에게 인사하는 여자의 표정이 별로 좋지 않아 보였다. 이유를 묻자, "저분 꽤 거물인가봐요. 아까 부하 직원으로 보이는 사람들에게 함부로 말하는 걸 봤어요." 라고 털어놓는 것이었다. 나는 그에게 이런 양면성이 있을 줄은 상상도 못했기에 깜짝 놀랐다.

어려서부터 가톨릭 학교를 다닌 탓에 인간 세상의 지위와 명예, 재산은 무의미하다고 배웠다. 비유하자면 "임금님 앞에서도, 거지 앞에서도 같은 태도를 취해야 한다."고 배워온 셈이다. 그가 위대하다고 해서 위축되어 자유롭게 말하지 못해서는 안 된다. 마찬가지로 상대가 거지라고 해서 깔보거나 얕잡아봐서도 안 된다. 사람을 봐가면서 예의를 차리고 성실하게 대해서는 안 된다. 늘 따뜻한 마음으로

사람들을 대하라고 배웠다.

친정엄마는 시골 출신으로 학교에 다닌 적이 없다. 그래도 인간관계의 미의식에 예민하셨다.

"누구 앞에서든 성실하게, 예의 바르게, 기죽지 말고 하고 싶은 말이 있다면 해야 한다."

상대의 나이와 지위에 따라 평소 말투를 바꾸는 것을 엄마는 가장 싫어하셨다.

자기를 드러내지 않는 자의 힘

40대 무렵 지역 민방에서 가톨릭 프로그램 진행을 10년 가까이 한 적이 있다. 나보다 더 유명한 사람에게 부탁하고 싶었겠지만 민방이다 보니 예산이 적었을 터. 가톨릭 신자로 유명한 인기 탤런트에게 부탁할 엄두가 나지 않아 출연료도 싸고 시간도 남아돌 것 같은 나에게 부탁했던 것이다.

프로그램을 진행하면서 미국인 신부 두 분과 가까워졌다. 메리놀 선교회라는 수도회 신부들로 프로그램 제작을 맡은 책임자들이었다.

언젠가 부부 침술가로 유명한 맹인 부부의 집을 찾아가 인터뷰하게 되었다. 대본에 적혀 있는 대로 질문을 시작하려는데 부부가 기르는 작은 닭 몇 마리가 낯선 우리의 방문에 놀라 멋대로 방안을 휘저으며 똥을 싸대는 통에 무척 당황했다. 그때마다 부부는 우리를 안심시키려고 노력했다. 그 모습에 괜히 더 미안해졌다.

미안함은 이것으로 끝이 아니었다. 프로듀서는 침술가 부부가 나란히 출근하는 장면을 카메라에 담고 싶어했다. 문제는 이런 촬영이 단번에 끝나지 않는다는 점이다. "죄송하지만 한 번 더 현관에서 신발을 신고 나와볼게요." 카메라는 집요하다.

나를 촬영하는 것도 아닌데 계속된 촬영에 화가 났다. 앞이 보이지 않는 맹인 부부를 괴롭히는 염치 없는 카메라에게 짜증이 났다. 드라마 촬영장이라면 얼마든지 이해한다. 하지만 그들은 일반인이다. 게다가 장애인이다.

침술가 부부는 화가 날 법도 한데 얼굴에 미소를 머금고 몇 번이고 촬영에 임했다. 그리고 함께 내려온 젊은 미국인 신부는 촬영이 반복될 때마다 맹인 침술가 부부를 위해 신발을 가지런히 정리했다. 보여주기 위함이 아니다. 신부는 응당 이래야 한다든가, 누군가를 의식하는 것도 아니다. 그의 자연스러운 마음이었다.

젊은 신부는 맹인 부부와 프로그램 제작자와 진행자인 내 안에 그가 믿고 있는 신의 영혼이 깃들어 있음을 알고 있었다. 그는 우리에게 봉사한 것이 아니다. 우리 안에 있는 신에게 봉사한 것이다. 그만큼 자연스러웠다. 친절이 부담스럽지 않았다. 벗어놓은 신발을 옛 일본어에서는 게소쿠(下足 : 모임에 모인 사람들이 벗어놓은 신발)라고 한다. 흙과 때가 묻어 더럽다는 뜻이다. 신부는 부부를 위해 촬영이 끝날 때까지 신발을 정리했다.

으스대는 사람들은 겉으로 보기에 으스댈 만한 이유와 명분이 있다. 지위, 나이, 전문성에서 일반인보다 우위에 있다.

그러나 진정으로 마음의 힘을 갖춘 사람은 어디서도 자기를 드러내지 않는다. 지위란 현세에서 잠시 맡게 된 보따리 같은 것이다. 누가 정말 위대한 사람인지 그 우열의 차이를 판정하는 것은 신의 일이다. 노인만 해도 그렇다. 나이 들어 자기가 약해졌다고 느낀 노인들이 젊은이에게 자리를 양보하라고 요구한다.

나는 남편과 자주 싸운다. 남편은 올해 87세다. 시내에서 시장 본 것을 유모차에 싣고 천천히 걸어가는 노인이 있으면 몸도 가볍도록 유모차를 들어준다. 나는 그런 남편을 보는 게 기쁘다. 이 양반은 늙었어도 심신 모두 건강하구나, 생각되기 때문이다.

으스댄다는 것은 약하다는 증거다. 인간이 평생토록 강할 수는 없다. 자고로 약해보여서 남자들에게 인기 있는 여자가 있다. 그러나 원래 강함을 타고난 남자가 지위까지 이용해 잘난 척하고 사람들을 깔아뭉개는 것은 자기 안의 약함을 감추기 위한 변명처럼 들린다.

우리 남편은 은행 동기생 중에 가장 빨리 승진했어요, 동창회에서 내가 제일 젊어 보인다고들 말했어요, 라고 말하는 여자들에게 나는 무슨 말을 해줘야 될지 모르겠다. 어머니는 세상에서 제일 꼴불견인 여자는 남편의 지위와 능력을 자랑하는 여자라고 말씀하셨다. 덕분에 나는 꼴불견인 여자로 비치지 않을 수 있었다.

세상에는 들어야 될 말도 많고, 봐야 될 것들도 많다. 하지만 나를 앞장세우는 순간, 세상은 더 이상 나에게 말 걸어주지 않는다. 겸손한 인간에게 세상은 자기의 모든 것을 보여준다. 사람들은 자기가 알고 있는 것들을 가르쳐준다. 겸손만으로 귀중한 지식, 즉 살아가는 방법을 배우게 되는 것이다. 그 가르침이 우리를 성숙으로 이끌어줌은 말할 나위가 없다.

인생은 인간보다 정직하다

　예전과 다르게 자원 봉사에 대한 인식이 점점 높아져가는 듯 보여 기쁘다. 사회가 발전해가고 있다는 증거라고 생각한다. 자원 봉사는 타인을 위한 행동이지만 결과적으로 자신을 위한 선택이기도 하다. 첫째로 내가 몰랐던 세상의 다른 모습을 보게 된다. 우리들 대부분은 우물 안 개구리처럼 살아간다. 넓은 세상을 경험하지 못하는 것이다. 인식이란 매우 중요해서 순조로운 인생이 최선은 아니다. 삶에는 언제, 어떤 모양으로 평지풍파가 닥칠지 모르는 일이다.

　나의 지인 중에 중년임에도 미모가 대단한 분이

있다. 패션 감각도 뛰어나고, 미술에도 조예가 깊다. 처음 보는 사람들은 그분을 가리키며 "저분, 옛날에 모델이셨죠?"라고 묻는다. 그러나 내가 아는 바로는 회계 사무소에서 일하다가 결혼해서 자녀 둘을 두고 있다. 놀랍게도 그토록 아름다운 아내와 살고 있으면서 남편은 바람을 피웠고, 그녀의 잔잔했던 일상에 파도가 몰아쳤다.

남편이 잘못을 뉘우쳤지만 그녀는 더 이상 남편을 사랑하지 않게 되었다. 결국 두 아이를 데리고 이혼했다. 앙심을 품은 남편은 아이들 양육비와 생활비를 일체 지원하지 않았다. 살길이 막막해진 그녀는 두 아이를 데리고 기숙사에 취직했다. 그곳에서는 숙식이 제공되었기 때문이다. 청소와 식사 준비, 빨래까지 모두 그녀 몫이었다. 당장 아이들과 먹고 살아야 했기에 처지를 가릴 형편이 아니었다. 아이들은 엄마가 일하는 동안 기숙사 복도에서 장난감 자동차로 경주를 하며 놀았다.

지금은 아들 둘이 모두 훌륭하게 성장해 번듯한 사업체의 사장님이 되었다. 그리고 나는 그녀가 고생 끝에 어머니로서 성공한 후에 알게 되었다. 나와 마찬가지로 그녀의 현재 모습만 알고 있는 사람들은 저분, 옛날에 모델이셨죠, 라고 묻는다. 우리는 그들이 겪은 고난과 과거를 알지 못한 채 현재만을 이야기한다. 알지 못하는 게 잘못은 아니지만, 그의 과거에 고난이 있었으리라는 자각이 없다면 곤란하다.

요즘은 재해가 터질 때마다 자원 봉사자가 넘쳐난다. 정말 좋은 현상이지만, 은밀한 데까지 살펴봤을 때 그 진심이 일방적인 선의의 강요, 또는 자기만족처럼 비춰지기도 한다. 내가 이렇게 말해서 분노한 독자도 있겠지만, 어쩔 수 없다. '나는 남을 위해 나를 희생시키고 있어요.' 라는 표정과 몸짓을 숨기지 못하는 사람들이 분명 있기 때문이다. 집에서 놀면 뭐하겠어요, 옛날에 시어머니와 사이가 안 좋았는데 그때 일을 속죄하는 마음으로 나왔습니다, 라고 말하는 부인들이 있다. 차라리 이렇게 솔직한 사람이 좋다. 그들은 자기 마음에 정직하기 때문이다. 자원 봉사는 자신을 위로하기 위한 선택이다. 이를 알면서도 이재민은 지금 너무 힘들기 때문에 고맙다고 말해주는 것이다.

처음 장애인들과 외국 여행을 떠났을 때의 일이다. 인솔을 맡은 신부님이 이렇게 말했다.

"소노 씨, 우리가 이 일을 더 이상 힘들게 느끼지 않게 된다면 차라리 그만두는 편이 좋습니다."

즉 나는 나보다 몸이 불편한 자들을 위해 나를 희

생시킬 줄 아는 대단한 사람이다, 라는 자기 만족이
채워지는 순간, 봉사의 참된 의미가 훼손된다는 뜻
이다. 신부님은 그렇게 말씀하셨지만 나는 장애인들
과의 여행이 즐거웠다.

　장애인과 함께하는 두 번째 해외 여행을 기획하
면서 나는 야외 노숙을 프로그램에 포함시켰다. 전
기와 수도가 없는 사막에 텐트를 치고 하룻밤 머물
자는 것이었는데, 참가자 중 상당수가 휠체어 없이
는 움직이지 못하는 사람들이어서 반대가 극심했다.
64세, 74세 때 두 번 발목이 부러졌던 경험이 있어
걷지 못하는 불편을 누구보다 잘 이해하는 내가 이
런 주장을 했던 까닭이 있다. 몸이 멀쩡한 우리들이
곁에 있을 때가 아니면 장애인은 사막에 가볼 수 없
다. 사막의 밤에 얼마나 아름다운 별이 뜨는지 알 수
없다. 감히 말하건대 일생에 한 번뿐인 기회다. 비록
몸은 힘들어도 평생에 단 한 번이다. 나는 그분들에
게 고통을 선물하고 싶었다. 왜냐하면 그들의 일생
은 장애를 안고 있다는 이유만으로 늘 배려와 관심
속에 지속되어왔기 때문이다. 한 번쯤은 개인으로서
자신을 짓눌러온 세상의 엄격함을 체험하게 해주고
싶었다. 그보다 더 큰 재산은 없다고 생각했다.

　말씀은 그리 하셨으면서도 신부님은 내심 여행을

즐기는 눈치였다. 다만 2주일 넘게 자기 자리를 비워두는 건 마음이 걸렸다. 신부님은 대신 성당을 지킬 대역을 찾아야 했고, 그에게 방대한 교회 일을 맡겨야만 했다. 나도 전화나 팩시밀리를 사용할 수 없는 지역으로 떠나기 전에 미리 원고를 완성해서 교정까지 끝마쳐야 했다. 내가 2주일 넘게 일본을 떠난다는 소식에 불안해하는 연재 담당 기자와 편집자를 위로하는 것도 일이었다. 그러는 동안 여행을 떠나기 전에 몸과 마음이 완전히 지쳐버렸다.

고통도 즐거울 수 있고, 아픔도 재미있을 때가 있다. 평범하게 반복되는 지루한 일상에서는 이해되지 않는 사람의 마음이다. 평온한 인생은 신중해서가 아니라 소심했기 때문에 주어진다. 하지만 세상은 그가 걸어온 길보다 넓다. 이런 사람과는 대화가 재미있지 않다. 속된 말로 싱겁다. 자랑할 만한 실패도 없고, 재미난 체험도 없다. 재미있는 사람, 본받을 만한 사람이란 경제적, 시간적으로 큰 고난을 겪은 사람들이다. 인생은 인간보다 정직하다.

보답은 하는 것이지 받는 것이 아니다

잡지인지, 신문인지 기억이 어슴푸레한데 꽤 흥미로운 인생 상담을 읽은 적이 있다. 글쓴이는 노년의 여성이다. 세상에서 말하는 친절한 사람으로, 옆집에 사는 자기보다 더 늙은 할머니를 위해 대신 장을 봐주곤 했단다.

그 할머니에겐 아들이 한 명 있었다고 한다. 직장에 다니느라 평소에는 집에 거의 안 오지만, 간혹 길가에서 마주치면 "저 대신 어머니를 챙겨주셔서 늘 죄송합니다."라고 말할 법도 한데 고개만 까딱하고 그냥 지나친다는 것이었다.

그러던 어느 날 할머니가 돌아가셨다.

이웃집 여자는 장례식장에 갔다. 그리고 오랫동안 얼굴을 봐온 할머니의 아들을 만났고, 이번에야말로 "그동안 어머니를 도와주셔서 감사했습니다."라고 한마디 인사말이 오가지 않을까 내심 기대했지만, 아들은 끝내 아무런 말이 없었다.

이 일로 여자는 충격을 받았다. 그동안 할머니를 위해 장을 보고 말벗이 되어주었던 시간들이 덧없게 느껴졌다. 남의 일에 괜히 참견했다는 자책도 해보았다. 그 일을 계기로 그녀에겐 우울증이 찾아왔다. 괜히 사람들에게 쫓기는 기분이 들곤 했다. 이후 내용은 잘 기억이 안 나는데 우울증 때문에 어찌했으면 좋겠느냐고 전문가에게 상담을 의뢰한 투서 같은 것이었다.

생각건대 여자와 할머니의 관계는 완벽했다. 이웃집 할머니에게 세상에서의 마지막은 편했고 행복했을 것이다. 그녀는 낯선 할머니에게 생의 마지막 축복이었던 셈이다. 비록 세상은 알아주지 못할망정 그녀 개인에겐 아름다운 인간관계의 구축이었다.

하지만 그녀는 자신의 행동이 '일'로서 평가받기를 원했다. 표창까지 기대한 것은 아니지만, 적어도 고맙다는 말 한마디는 듣고 싶어했다.

나에게도 비슷한 체험이 있다. 사소한 문제로 곤

란을 겪던 친한 부인의 딸을 도와줬다. 내심 딸에게서 고맙다는 편지나 전화 한 통 올 것으로 기대했던 모양이다. 헌데 딸은 고사하고 나와 친한 부인에게서조차 감사하다는 말 한마디 없다. 속으로 괘씸하게 생각했다. 두 사람 모두 직장에 다니고, 마침 회사가 어려운 상황이라 정신없이 바쁘다는 것쯤은 알고 있었다. 퇴근 후 집에 돌아오면 늦은 밤이다. 아무리 고맙다는 인사치레더라도 한밤중에 전화를 걸기가 쉽지는 않았을 것이다. 하지만 일요일에는 쉰다. 나도 마찬가지인데 직업이 있는 여자에게 일요일은 휴일이 아니다. 밀린 집안일과 지친 몸을 회복시키기에도 빠듯한 평일의 연장선이다. 집에서 일하는 나도 일요일에는 잡일로 바쁘다. 게다가 전화는 어찌 그리 많이 오는지, 아마도 그녀들이 일요일을 기회로 내게 전화했을 때마다 통화중이었는지도 모르겠다.

　나는 전화가 싫다. 내가 전화를 걸어야 하는 일이 생겨도 귀찮아서 미룬다. 차라리 편지를 쓰는 편이 좋은데, 나에게 쓴다는 작업은 일이다. 편지를 써야겠다는 심리적 충동이 여간해서는 발산되지 않는다. 그래서 사실 나도 누구한테 인사치레를 잘 못한다. 내가 가족을 특별히 좋아하는 이유는 가족에겐 따로 고맙다는 말을 하지 않아도 된다고 생각해서다. 이렇게 쓰고 보니 나 같은 이기주의자도 드물 것 같다.

나는 타인에게 친절한 사람이 아니다. 솔직히 말하면 가끔씩 사는 것 자체가 귀찮기도 하다. 사람이 살면서 해야 될 관계 맺기라든가, 유지가 귀찮아서 죽을 지경이다. 그래도 내가 이처럼 사람들과 어울려 살아가는 이유는 차라리 내가 먼저 하는 편이 마음 편해서다. 아내나 부모가 세상을 떠나 혼자 살게 된 지인을 가끔 식사에 초대하는데, 나처럼 세 끼 밥을 거의 집에서 먹는 사람에겐 매우 쉬운 일이다. 나는 요리하는 것을 좋아해서 상대가 원한다면 얼마든지 식탁에 초대할 수 있다.

특히 가까운 사람들이라면 진수성찬이 아니더라도 부담 없이 한 끼 식사에 초대할 수 있다.

"이 말린 정어리 정말 맛있어."

라면서 젓가락을 건네는 것이다. 도미회를 대접하지 않아도 밥은 밥이다.

그러나 이런 것이 나의 취미라는 의식만은 잊지 않고 있다. 말린 정어리가 모자라면 나는 사람들을 부르지 않는다. 원고 마감이 다가오면 친구를 초대하지 않는다. 그날 우연히 재료가 남아돌고, 마침 일도 끝나서 내 기분이 좋아졌을 때 사람들을 부른다.

나의 즐거움을 위해 친구를 초대하는 것이지 인사를 받으려고 밥상을 차리는 것은 아니다. 그리고 만일 이 투서처럼 오랫동안 이웃에게 친절을 베푼 것은 누가 보아도 미담이다. 그래서 때로는 모범 시민으로 뽑혀 상장을 받기도 한다. 그러나 엄밀히 보면 상장도 고작 종이 조각이고, 선물은 금일봉이 고작이다. 우리가 원하는 진심 어린 감사의 칭찬은 아니다.

이토록 긴 세월에 걸친 친절을 보답해줄 수 있는 존재는 신뿐이다. 그러나 신은 표창장도, 금일봉도 허락하지 않는다. 단지 우리 마음에 내가 누군가를 도왔다는 만족과 기쁨을 허락할 뿐이다.

나를 제대로 평가할 수 있는 사람이 있을까

신앙은 어렵다. 신앙 때문에 바보 취급 당하는 경우도 있다. 신이라는 개념은 과학과는 거리가 멀기 때문이다. 그런데 신앙이 꼭 필요하다고 생각될 때가 있다. 나의 행동을 사람들이 제대로 판단해주지 못한다고 생각될 때다.

우리는 이 지구상에서 점 하나 같은 존재다. 내 눈으로 볼 수 있는 것들이 한정되어 있다. 남들이 나를 바라봐주는 것 또한 다르지 않다. 착한 이웃이 몸이 불편한 옆집 할머니를 돌봐준다. 장도 봐준다. 하지만 동네 사람들은 이를 모른다. 도움을 받은 할머니가 사람들에게 알린다면 모를까, 할머니를 도와준

이웃이 자기 입으로 선행을 고했다가는 자랑하려고 남을 도왔느냐며 비난받게 된다.

우리 집은 원래 천주교를 믿었다. 그래서 다행이라는 생각이 든 것은 나의 말과 생각과 행동을 평가하는 존재가 하느님밖에 없기 때문이다. 나는 속물 중에 속물이다. 비싼 과자를 선물 받아야 웃음이 나고, 사람들에게 칭찬 받고 싶은 욕망에는 끝이 없다. 그러지 못했을 때 내 마음은 악한 이기심으로 가득 채워진다. 그럼에도 내가 그런 심정을 억누를 수 있는 까닭은 내가 누구인지를 판단할 이는 오직 하느님뿐이다, 라는 믿음이 내 안에 있어서다.

사람들이 나를 어떤 식으로 평가하고 있는지 전혀 신경 쓰이지 않는다는 말은 아니다. 다만 세상의 평판이 내 인생을 좌우할 만큼 크나큰 의미는 될 수 없음을 알게 되었다. 사후 세계가 있는지는 아직도 모르겠다. 천국과 지옥의 갈림길에서 한 인간이 저질렀던 모든 행위가 심판받는다는 광경도 여간해서는 상상하기 어렵다. 고대 이집트 벽화 중에 인간이 생전에 범한 행위가 죽은 후 접시 저울에 담겨 측량당하는 그림이 있다. 그때 깃털 한 개만큼이라도 악행이 선행보다 무거우면 지옥에 간다는 것인데, 나로서는 이해가 되지 않는 공포.

세상 사람들은 손가락질해도 신께서 보시기엔 칭찬받아 마땅한 일이 있을 것이다. 반대로 세상은 입을 모아 칭찬해주었으나, 신의 눈으로 보시기엔 일말의 가치가 없을 수도 있다.

하느님이 나를 좋게 봐주실지 어떨지는 모르겠다. 가능하면 그의 눈이 미치지 않는 곳에 머물고 싶다는 생각도 있고, 반대로 사람들이 몰라주는 내가 잘한 일을 그분이 기억해줬으면 좋겠다는 기대도 하고 있다. 어떤 경우든 신의 눈을 속일 수 없다는 것은 알고 있다. 내 모습이 사람들과 신의 눈에 어떻게 비춰질지 생각하고 고민하는 게 허무해질 뿐이다.

세상이 나를 뭐라고 부르든 상관없다. 우리는 서로 평가할 수 없다. 그것을 깨닫게 되었을 때 비로소 성숙해진다. 자기 안에서 인간의 삶을 있는 그대로 인정할 수 있게 되는 것이다. 고급 주택에 사는 사람을 부자라 부르지 않게 되고, 유명인을 위인이라 착각하지 않게 되는 것이다. 이는 곧 상대가 나를 이해해야 한다고 확신하지 않게 된다는 뜻이기도 하다.

되풀이 말하지만 우리는 이해하고 싶고, 그만큼 이해받고 싶다. 그러나 나는 타인을 진정으로 이해하며 살아가지는 못한다.

돌아가신 옆집 할머니의 아들에게서 그녀는 끝내

감사하다는 말을 듣지 못했다. 하지만 신께서는 그녀의 선행을 알고 계시리라. 그녀가 만약 신을 믿고 있었다면 그런 일로 우울해지지는 않았을 것이다. 성경은 하느님이 보이지 않는 곳에서 우리를 지켜보고 계신다고 말한다. 내가 인생을 두려워하는 이유다. 길에서 주운 1만 엔을 갖고 싶어도, 남편 몰래 좋아하는 남자를 만나러 가고 싶어도 신은 보이지 않는 곳에서 나를 지켜보고 있다. 내가 사람들 마음속에 깃든 불순을 용서할 수 있게 된 것도 보이지 않는 곳에서 우리를 지켜보고 있는 어떤 존재를 인식했기 때문이다.

존재의 무게는 똑같다

누가 대신할 수 없는 존재

우리 남편은 다리가 튼튼하다. 옛날부터 걷기를 좋아했다. 골프는 쳐본 적도 없다. 거리를 돌아다니면 매일 새로운 광경을 구경할 수 있는데, 왜 시퍼런 잔디뿐인 골프장에 그 많은 돈을 내고 들어가야 하느냐고 반문한다.

그런 사람이다보니 동네 주민들과 잘 어울린다. 자기가 쓴 단편 소설의 등장 인물을 소개하듯 내게 그들과 있었던 일들을 들려준다. 물엿 가게 주인이라든가, 두부 가게 할머니가 요즘 어떻게 지내고 있는지 근황을 설명해주는 것이다.

물엿이 그처럼 많은 요리에 들어가는지 몰랐다.

어렸을 때만 해도 물엿은 귀중품이었다. 감기에 걸려 목이 아플 때만 어머니는 나무젓가락에 물엿을 말아 내 입에 넣어주셨다. 그게 맛있어서 늘 목이 아프다고 칭얼거린 기억이 난다.

그 후로 몇 십 년을 더 살고서야 멸치볶음에 물엿을 넣어야 제대로 맛이 난다는 것을 알게 되었다. 조림 반찬은 주로 반찬 가게에서 구입한다. 여간해서는 집에서 만들려고 하지 않는다. 가게에서 산 조림 맛이 집에서는 아무리 애를 써도 나오지 않아서였는데, 알고 보니 물엿이 이유였던 것 같다.

남편의 산책길에는 두부 가게가 몇 집 있다. 대부분 자택에서 할머니가 옛날 방식으로 손수 만든 두부를 파는 곳이다. 그래서 비지도 구할 수 있다. 남편은 비지를 좋아한다. 산책에서 돌아오는 길에 비지를 잔뜩 사와서는 끓여달라고 한다. 우리 집은 비서들과 점심을 함께 먹는다. 젊은 비서들도 끓인 비지를 밥에 얹어 먹는 것을 좋아했다. 이 맛은 옛날 맛인데 비서들 입맛에도 꽤 맞는 듯했다.

나는 두부랑 비지를 별로 좋아하지는 않는다. 그래도 비지를 끓이는 게 귀찮지는 않다. 생선 조림을 좋아해서 남은 국물이 많은데, 이걸로 간을 맞춘 비지찌개는 그야말로 특식이다.

남편이 그러는데, 아라히 하쿠세키라는 에도 시대의 유학자는 가난 때문에 비지만 먹었다고 한다. 그가 굉장히 명석했던 이유가 사람들이 잘 먹지 않았던 콩을 많이 먹어서 그렇다는데, 콩에는 뇌에 좋은 단백질이 아주 풍부하다. 아라히가 살았던 시대에 비지는 두부 제조 과정에서 생기는 쓰레기에 불과했다. 가게 앞에 쌓아놓으면 가난한 사람들이 공짜로 가져다가 먹었다. 아라히도 그랬을 것이다.

"그때에 비하면 지금은 너무 비싸."

남편은 비지를 먹다가 곧잘 투덜거렸지만, 단골 두부 가게에서 거의 공짜로 얻어오고 있었다. 한 통 가득 담아봐야 얼마 하지 않는다. 남편이 그것만 사가지고 오는 게 미안스러워,

"이왕이면 유부도 같이 사와요."

라고 부탁했다.

얘기가 잠깐 딴 데로 샐 것 같은데, 비지를 맛있게 요리하는 방법을 하나 알고 있다. 일본식 비지 요리는 우선 기름에 살짝 볶은 것을 사용한다. 이때 한두 번 튀김 요리에 쓰인 기름을 사용하면 더 맛있다. 지방에서 민박집을 운영하는 지인에게 배웠다. 돈까스를 튀긴 더러운 기름은 쓰지 않는다. 채소를 볶고 남은 기름을 한 번 더 재활용하는 것이다. 이런 재활용

은 인생에도 필요하다. 현실을 너무 모르는 사람은 재미가 없다. 마찬가지로 세상의 악함에 찌든 사람도 쓸모가 없다.

　다음으로 볶는 시간이다. 이에 대해서도 우연히 시골을 여행하다가 알게 된 할머니에게서 45분쯤 약한 불로 익혀야 된다고 배웠지만 우리 가족 입맛에는 맞지 않았다. 비지가 건조해져서 특유의 촉촉한 맛을 잃어버리기 때문이다. 비법이라는 것을 무조건 따라가서는 안 되는 모양이다. 다른 집은 모르겠고 우리 집에서는 식용유에 참기름을 조금 섞어 쓰곤 하는데 더 맛있다. 이 또한 우리네 생활을 닮았다. 늙은이만 있어서도 안 되고, 신출내기 젊은이에게 큰일을 맡기기에는 믿음직스럽지 못하다. 비지 한 그릇 먹는 데도 인생의 심원한 경지가 숨어 있다.

　비지에 들어갈 채소는 잘게 썬 당근과 우엉이다. 음식에 넣을 채소는 먹는 사람에 대한 사랑이 클수록 크기가 작아진다. 나는 원래 칼질을 못한다. 성격도 거칠다. 가족을 사랑하는 내 마음을 표현할 수가 없어 채소는 가정부가 다듬는다. 그렇게 맛난 비지가 완성되면 나는 사람들 앞에서 내 솜씨를 자랑한다.

　남편은 늦게 사귄 여자친구 같은 두부 가게 할머니에게,

"겨울은 추워서 일하기 힘드시죠? 그래도 두부는 계속 만드셔야 돼요. 내가 먹어야 되니까요."

라고 장난스레 농을 친다. 그러면 할머니는

"내가 살아 있을 때 얘기지."

하고 멋없이 대꾸한다. 이 할머니는 나만큼 셈이 서툴다. 유부 두 장, 두부 튀김 석 장에 얼마예요, 라고 남편이 물으면서 천 엔짜리를 꺼내면 저기 있는 상자에 가격표가 붙어 있으니 그걸 보고 전대에서 거스름돈을 챙겨 가라고 무뚝뚝하게 말한다는 것이다. 할머니는 두부를 파는 것보다 만드는 게 더 좋으신 것 같다. 돈에는 그닥 관심이 없는지도 모른다.

남편은 두부 가게 할머니의 가족에 대해서는 아는 게 없다. 한두 번 아들로 보이는 사람이 가게에 나타난 적은 있어도 말해보지는 않았고, 늘 할머니 혼자 가게를 지킬 때가 많다고 한다.

비지를 좋아하는 남편에게 할머니는 고맙고 소중한 존재다. 요즘에도 그런지는 모르겠지만, 예전에 대형 마트에서 파는 비지에 교토의 유명 사찰 이름이 상표로 포장된 적이 있었다. 그곳 승려들이 직접 만들어 먹는 비지와 똑같은 것이다, 라고 광고할 목적이었겠지만, 그래도 가격이 엄청나게 비쌌다. 한 번 사 먹어봤는데 웬걸, 맛이 너무 없었다. 부드러운 듯하면서 건조하고, 싱겁고, 비렸다. 비지는 가난한 사람들이 먹었던 서민의 음식이다. 그 역사적인 존재 의의가 비지 한 그릇에 드러나야만 비로소 제대로 된 비지 맛을 느낄 수 있다. 내 얘기가 아니라 우리 가족들의 품평이다.

남편의 여자친구 할머니가 만드는 비지가 특산품은 아니다. 굳이 고른다면 평범하다. 서민적인 맛이 짙다. 요즘 세상엔 없는 게 없어서 백화점에 가면 비지도 작은 플라스틱 용기에 담아 200엔에서 250엔씩 받고 판다. 맛을 떠나 워낙 양이 적어 우리 집에서는 어림도 없다. 우리 집 점심 풍경은 소형 구내 식당처럼 여섯 명이 식탁에 북적거린다. 큰 냄비에 비지를 담아 펄펄 끓여내야 제맛이다. 싸고 많아야 맛있는 것이다.

문득 우리 집 인근의 거리에서 장사하는 분들을 소재로 전기문 같은 걸 써보면 어떨까 아주 잠깐 생각해봤다. 나는 한 사람의 일생을 다룬 전기를 좋아하지 않는다. 좋아하기 이전에 믿지 않는다. 왜냐하면 그의 일생을 다른 사람이 쓴 것이기 때문이다. 그래서 싫다. 타인의 생활에 작가라는 이유로 거리낌 없이 개입한다. 본 적도 없는 사람의 진심 어린 생애를 전기 작가이므로 이해할 수 있다고 생각하는 것

자체가 두렵다.

그러나 이 할머니는 다르다. 할머니는 자신이 두부를 만든다는 건 죽기 전까지임을 알고 있다. 이 할머니에게 하루는 누구도 대신해줄 수 없는 온전히 자기만의 것이다. 적어도 내 남편에게만은 그녀가 소중하다. 두부 가게 할머니는 지금도 누군가에게 필요한 사람으로 인정받고 있는 것이다.

수업 시절이 필요하다

내가 아직 젊은 작가였을 때 선배들은 인간으로서 겸손해야 한다고 늘 강조했다. 특히 신문에 연재소설을 기고하게 되었을 때 작가의 최선은 겸손이라고 말해준 선배가 있었다.

신문 연재란 특정 신문에 1년 동안 매일같이 소설 한 대목을 기고하는 것이다. 신문 연재 소설의 하루 분량은 보통 약 1100자에서 1200자, 200자 원고지로 6매다.

요즘은 작문과 편지가 점점 사라지는 추세여서 글을 써본 경험들이 많지 않다. 매일 원고지 여섯 장을 써내려가는 게 어떤 일인지 짐작 안 되는 분들이 많을 듯싶다. 얼마 전에 뉴스를 봤는데 초등학교 학생 중에 엽서에 수신인 이름을 제대로 쓰지 못하는 비율이 과반수를 넘었다는 놀라운 소식을 접했다. 어쨌든 작가는 1년 동안 200자 원고지 2000매 이상의 작품을 써야 한다. 원고지 2000매를 쌓아놓으면 약간 낮은 걸상 높이다.

젊은 작가가 난생 처음 신문 연재를 맡게 되었을 때의 공포는 상상을 초월한다. 줄거리는 이미 정해져 있지만, 머릿속 생각과 손에서 펼쳐지는 글쓰기는 차원이 다르다. 과연 스토리를 흐트러뜨리지 않고 최후까지 써나갈 수 있을까, 어떤 식으로 내용을 배분해야 2000매 분량으로 정확히 끝마칠 수 있을까, 매일 연재되므로 매단락마다 재미난 부분이 들어가야 되는데 내가 할 수 있을까…. 걱정은 하나둘이 아니다.

그때 믿을 수 있는 조력자는 문학 선배뿐이다. 신문 연재를 경험한 선배에게 이런저런 조언을 듣는다. 요즘 젊은 사람들은 조언을 가리켜 '쓸데없는 참견'이라 부르는 것 같은데, 나에겐 선배가 들려주는 질책이 고마웠다. 어린 여류 소설가에게 필요한 것은 칭찬이 아니라 충고였기 때문이다. 선배들이 들려준 조언과 충고를 지키려고 무던히도 애를 썼다.

그중에 지금도 잊지 못하는 충고가 몇 가지 있다.

독자가 연재 소설을 계속 읽어야겠다고 판단하는 시점은 연재가 시작되고 10일 전후다. 안정된 독자층은 한 달, 즉 30회 분량을 썼을 때이며, 처음 200매로 독자를 사로잡아야 한다는 것이었다.

어떤 직업이든 수업 시절이 필요하다. 수업 시절에는 거친 파도를 뒤집어써봐야 한다. 그래야 성장할 수 있다. 기술을 배우는 것인데, 나중에 돌아보면 그때 배웠던 것은 기술보다도 이 직업에서 갖춰야 할 윤리적인 자세인 경우가 더 크다. 작가가 평생토록 지켜야 될 윤리적 관점은 독자가 읽고 이해해야 한다는 것, 즉 내가 하고 싶은 말을 하는 게 아니라 독자가 알아들을 수 있는 말을 해야 한다는 것이다. 나에겐 이것이 겸손이다.

작가에게 소설에 등장하는 인물은 친척보다 가깝다. 소설 줄거리는 나의 인생보다 더 세세하게 알고 있다. 아무리 가까운 부모님이더라도 그분들 속내까지 알 수는 없다. 하지만 작가는 작중 인물의 모든 것을 알고 있다. 작중에서 그가 느낀 감정, 생각, 표현을 모두 알고 있다.

하지만 독자는 그렇지 못하다. 매일 아침 빼놓지 않고 연재 소설을 읽는 고정 독자이더라도 신문을 읽던 중에 현관 벨이 울려 잠깐 나가봐야 하는 일이 생길 수도 있고, 부엌에서 주전자 끓는 소리가 들려 벌떡 일어서야 될 때도 있다. 그런 일을 마무리 짓고 다시 신문을 펼칠 수 있는 것도 아니다. 발 앞에 빨래가 떨어져 있으면 주워서 베란다에 널어야 하고, 때마침 밥때가 되어 밥솥에 쌀을 앉혀야 한다.

평범한 일상만으로도 인간의 하루는 토막토막 떨어져나간다. 주인공이 그 사건에서 어떻게 되었는지 읽다 만 신문을 내려놓고 밤을 맞는다. 다음날 아침 오늘자 신문을 놔두고 어제 읽다 만 연재 소설을 마저 읽으려고 어제 신문을 찾는 사람이 있다면 당장이라도 달려가서 고맙다고 인사하고 싶다. 안타깝게도 거의 모든 독자가 어제 읽다 만 연재 소설을 찾지 않는다. 주인공인 중년 남자가 개찰구를 빠져나가며 오랫동안 만나지 못했던 첫사랑과 마주쳤는지를 알지 못한 채 또 하루를 살아간다.

"소노 씨, 독자를 자기 마음대로 끌고 갈 수 있다는 착각을 버려야 해요. 사람들은 바쁘니까요. 제아무리 소노 씨의 팬이라고 하는 사람도 매일같이 소노 씨가 쓴 연재 소설을 읽는 것은 아니에요. 줄거리를 외우고 있는 것도 아니에요. 소설은 세상에서 그리 대단한 게 아니라구요. 소설은 다른 일을 끝내고도 시간이 남았을 때 읽는 취미일 뿐이에요. 그래도 작가는 최선을 다해야 합니다. 몇 달째 연재하고 있더라도 오늘 처음 내 소설을 알게 된 독자가 있을 것이라는 생각을 하고 있어야 해요. 오랜만에 다시 소설을 읽는 독자도 어렵지 않게 지나간 줄거리를 예상할 수 있도록 써야 하는 겁니다."

내 소설을 처음 읽는 독자도 얼마든지 이해할 수 있도록 쓰려고 노력한다. 그것이 작가의 기본 자세다. 독자는 친구가 아니다. 친구라면 내가 누구와 사는지, 우리집 고양이 이름이 무엇인지, 저녁에 내가 주로 무엇을 먹는지 다 알고 있다. 그러나 독자는 불특정 다수다. 그들은 나에 관해 아무것도 모른다. 내 글은 거기서 시작된다.

눈에 띄지 않는 사람의 위용

중년 이후 인생의 중요한 테마 중 하나는 몸과의 싸움이다. 특히 컨디션과의 투쟁이다.

경험상 75세 전후로 몸에 아주 명확한 문제가 나타나는 것 같다. 나만 그런 게 아니라 주위 사람들도 그렇게 토로한다. 그 변화가 제일 먼저 확인되는 곳은 동창회다. 신장 투석을 한다는 친구, 귀가 잘 안 들린다는 친구, 허리가 아프다는 친구, 나처럼 갑작스레 골절을 당한 친구도 여럿이다.

사람은 자기가 병에 걸렸다고 남들에게 호소하기를 좋아하는 습성이 있다. 질병은 쉽게 말해 '사소설'이다. 사소설은 누구든지 쓸 수 있다. 자신이 소재이기 때문이다. 가난한 집에서 태어나 고생한 이야기, 새 집을 짓기까지 고생한 이야기, 남자에게 배신당한 이야기, 사기당해 억울하다는 이야기, 등산 이야기, 손자가 태어난 이야기는 약간의 각색만 거치면 소설이 된다. 하지만 타인을 감동시키지는 못한다. 사람의 일생은 드라마다. 남의 드라마를 보고 감동하는 데는 한계가 있다.

예전에 몸이 불편한 사람들을 데리고 성지 순례를 다녀왔다. 휠체어에 탄 병자와 앞이 안 보이는 분들을 모신다는 건 쉽지 않다. 자원 봉사자가 많이 필요했다. 자원 봉사자 중에는 젊은 노년과 약간 고령의 중년이 대다수였다. 힘센 분도 계셨고, 쉼 없이 재미난 대화를 지속하는 재주가 있는 분도 계셨다. 아름다운 목소리로 성가를 부르는 분도 있었다. 사람의 재능은 제각각이었고, 모두 훌륭했다. 그 여행에서 내가 깨달은 사실은 전혀 눈에 띄지 않는 사람이 가장 튼튼하다는 것이었다.

맨 앞에서 웃고 떠들며 걷는 사람은 위태위태하다. 빨리 지치고, 떠드느라 남을 돌봐줄 여력이 없다. 그에 비해 말없이 뒤따라오는 사람은 앞서 걷는 일행을 찬찬히 살펴보며 짐을 들어주거나 마실 물을 꺼내준다. 어디에 있는지도 모르는 사람이 내가 힘들 때 도움의 손길을 뻗는 것이다.

그리고 나는 앞으로 더 나이가 들면 무리 속에서 눈에 띄지 않는 그런 사람이 되고 싶다고 생각했다.

엄살 부리지 말고 건강은 각자 알아서

지금보다 훨씬 젊었던 어느 날, 처음으로 여류 문학회라는 모임에 참석했다. 그곳에서 대선배인 우노 치요 선생님을 만났다. 여류 작가는 저마다 개성이 넘친다. 다른 사람 눈치를 보는 일 따윈 하지 않는다. 아부도 없다. 자유롭게 생각나는 대로 말한다. 그중에서도 우노 씨는 인상 깊었다. 다 같이 모인 자리에서 인사말 대신 "서로 어디가 아픈지는 얘기하지 말기로 해요."라고 말씀하셨기 때문이다.

그때 나는 삼십대 전후였다. 다른 분들은 모두 선배로 오십은 훌쩍 넘은 나이였다. 서서히 몸 어딘가가 아파오는 시기였고, 이를 화제로 대화하는 것이

극히 자연스러운 상황이었음에도 가장 나이가 많았던 우노 선생님이 궁상맞게 아픈 얘기는 하지 말자고 선을 긋는 모습이 멋있고 당당해보였다.

그날의 여파인지는 몰라도 여자들끼리 모여 서로 아픈 데를 고해하는 장면은 낯설고 부담스럽다. 나보고 어디가 아프냐고 묻는 것도 싫다. 우리 어머니만 봐도 아픈 데가 있으셔도 필사적으로 남에게 알리거나 고쳐보려고 노력하지는 않으셨다. 그렇다고 나이가 들어 자연스레 아파진 것이니 체념하고 지내신 것도 아니다. 최대한 일상에 지장이 없도록 관리하는 데 중점을 두셨다.

친구들 모임에서는 '병'이 빠지지 않는다. 어느 병원 어떤 의사가 어디를 잘 본다는 소개도 빠지지 않는다. 그렇게 해서 심리적 불안이 해소되는 것이라면 의미가 있겠지만, 이야기를 듣고 있자면 안 아팠던 나까지 어디가 아파야 되는 건 아닌가 불안해진다. 아픈 이야기가 끝나면 손자, 골프, 애완견이 뒤를 따른다.

어머니가 살아 계실 때는 지금 같은 건강 보험은 없었다. 일주일에 몇 번씩 정형외과에서 물리 치료를 받는다는 건 꿈도 못 꿨다. 침구, 안마, 온천을 다니며 필사적으로 병을 고쳐보려고 노력한 사람도 많았지만, 어머니와 나는 성격상 남들에게 내 몸 상태를 호소하는 짓은 하지 않기로 결심했다.

대신 나는 중년 이후 한방에 관한 책을 많이 읽었다. 밤에 머리가 지쳤을 때 휴식삼아 한방 서적을 읽었다. 한방 서적만 읽은 게 아니라 농사와 화훼에 관한 책도 읽었고, 덕분에 어디 가서 조금 아는 척할 수 있는 지식을 쌓게 되었다.

가끔은 내가 침구나 마사지에 재능이 있는 것 같다는 확신이 들기도 한다. 침이나 마사지를 받다보면 의식하지 않아도 손놀림이나 방식 등을 외우게 된다. 그래서 친구들은 내가 주물러주는 게 시원하다고 한다. 놀라운 것은 나도 모르게 그가 가장 아파하는 부위를 정확히 짚어낸다는 점이다. 나의 손가락에 신통한 능력이 깃든 모양이다.

유명한 한의사에게 진찰을 받은 적이 있다. 그분 말씀 중에 잊히지 않는 것은 "한약 중에 최고는 이튿날 일어나서 또 먹고 싶다는 생각이 드는 음식입니다. 그 음식에 몸이 가장 필요로 하는 성분이 들어있는 것이죠."라는 말이었다. 좋은 약인지, 나쁜 약인지 감이 안 오는 것들도 있다. 두 번 다시 먹고 싶지 않은 약도 있다. 자기 체질에 맞지 않는 것이므로 중단하는 게 좋다. 내 몸에 대해서는 내 몸의 반응이 가장 잘 알고 있다. 그렇다고 지금 한 말을 반드시 따라야 한다는 것은 아니다. 어디까지나 풋내기인 내가 인간적인 요법이라고 생각하는 '몸의 반응 치유법'이기 때문이다.

생무지의 독학이므로 남에게는 절대 권하지 않는다. 하지만 나 한 사람이라면 건강을 유지하는 데 큰 도움을 준다. 오십이 조금 넘자 외국 여행이 쉽지 않았다. 툭하면 무릎이 아파왔다. 나의 여행은 주로 가난한 국가들을 지원하는 것이 목적이기에 일반적인 관광과 달리 식료품 같은 물자를 직접 챙겨야 한다. 장비도 매일 정리해야 한다. 호텔방에 무릎을 꿇고 앉아 밤마다 재고 조사를 해야 하는 것이다. 그때마다 무릎에 무리가 갔던 모양이다.

귀국하고 정형외과에 들렀다. 무릎에 물이 괴었다면서

"이젠 나이가 있으시잖아요."

라고 말한다. 그러니까 치료할 수 없다는 뜻이다. 집에 와서는 그날부터 계지복령환(桂枝茯苓丸)을 복용했다. 이 약은 혈류를 촉진시키는 데 탁월한 효능이 있다. 따로 한의사에게 묻지 않고 나 혼자 멋대로 내 몸에 필요하다고 생각되는 만큼 복용했다.

한 달 반쯤 지나자 부었던 무릎이 가라앉았다. 무

률을 끓어도 아프지 않다. 이후로 비슷한 중세로 고생한 기억이 없다. 계지복령환은 한의원에서 주문했다. 고약한 냄새가 나는 한약을 매일 집에서 달일 수는 없어서였다.

현재 내가 앓고 있는 주된 중상은 게을러지고 싶은 것이다. 나는 이 중상을 소중히 간직할 생각이다. 게으름에 반하는 생활이 있다면 인간답게 살아가는 몇 가지 행동뿐이다. 목욕하고 양치질하고 세탁기를 돌리고, 꽃병 물을 갈아주는 것 정도다. 간단한 식사 준비, 쓰레기 버리기 등은 며칠에 한 번씩이다. 특히 한 번 장을 보면 엄청나게 많이 구입한다. 점심 때 집에서 비서들과 같이 먹기 때문이다. 살아가는 데 기본적인 몇 가지 사항만 빼놓고는 게으름의 중상에 모두 잠식되었다.

나는 이 게으름을 고칠 의사가 없다. 방금 말한 사항에서도 게을러지고 싶다면 나는 내 몸의 그와 같은 반응에 철저히 따를 작정이다.

살려주세요, 라고 기도한다

신앙의 유무를 묻는다면 "가톨릭 신자입니다."라고 대답한다. 그런데 왠지 목소리가 작아진다. 내 주위에는 매일 기도하고 예배도 꼬박꼬박 참석하는 훌륭한 가톨릭 신자들이 많은 반면에 나는 그렇지 못해 괜히 움츠러드는 것이다.

굳이 변명하자면 성경에는 이런 나를 불쌍히 여기는 위로의 글이 있다.

"나는 선한 사람을 부르러 온 것이 아니라 죄인을 부르러 왔다."(마태오 복음 9장 13절)

내가 믿고 있는 신앙을 이야기하는 것이 예전부터 무서웠다. 아주 젊었을 때는 나의 존재가 신앙과

결부되는 것 자체가 꺼려졌다. 신앙을 가진 인간으로서 원숙한 판단과 그에 어울리는 삶의 모습이 나라는 인간 속에서 가능하리라고 믿어지지 않았기에 신자임을 숨겨온 시절도 있었다.

세상에서 어떤 큰 사건이 일어나면 "기독교인으로서 어떻게 생각하십니까?"라고 매스컴이 질문을 던지곤 한다. 그런데 나로서는 이토록 어려운 문제에 대답할 지혜가 없다. 그래서 늘 도망쳤다.

중년이라는 고비를 넘어서면서 더 이상 도망치지 않게 되었다. 숨으려고도 하지 않았다. 첫 번째 원인은 17년 동안 신약 성경을 공부했기 때문이다. 성경을 이해하게 되면서 나를 둘러싼 껍질이 조금씩 허물어져갔다.

그때부터 나는 신앙을 두려워하지 않게 되었다. 신앙에 관한 모든 것들을 웃으며 받아넘기게 되었다. 누군가 나의 신앙을 비난하더라도 웃어넘겼고, 어리석은 자들만이 종교를 믿는다는 지식인들의 주장에도 화가 나지 않았다. 당연히 그들 앞에서 도망치지도 않았다.

"나는 신을 믿지 않아요."라고 말하는 사람과 만나도 불쾌하거나 당황하지 않았다. '저 사람은 무엇에 기대어 자기를 추스르는 걸까?'라고 속으로 궁금해 하면서도 묻지 않고 그냥 싱긋 웃어보였다. 그의 삶에는 신이 없으므로 그는 절대로 기도하지 않을 것이다. 하지만 남들 앞에서 공언해버리면 자기 자신을 향한 기도마저도 할 수 없게 되는 것은 아닐까, 조금 염려되었다.

2011년 3월 11일의 동일본 대지진으로 수많은 사람들이 쓰나미에 휩쓸려 목숨을 잃었다. 바로 1분 전까지 거기 서 있던 남편과 자녀가 탁류에 떠내려가는 모습을 보고만 있을 수밖에 없었다. 그러면서도 어딘가에서 살아남았으리라고 여전히 믿고 있다. 자신이 아슬아슬하게 살아난 것처럼 떠내려간 가족도 남의 집 지붕이나 도로의 전신주를 붙잡고 목숨을 부지했을 것으로 믿고 싶다. 머잖아 우리는 만나게 된다. 그날이 내일이 될지도 모른다고 소망한다.

그런 소망이 기도로 변한다. 하느님, 부처님, 제발 우리 가족을 살려주세요, 라고 기도한다. 사람이 살릴 수 없으니 당신이 살려줘야 합니다, 라고 기도한다. 이것이 보통이다.

만약 신 같은 건 없다고 말하는 사람이 그런 일을 겪게 된다면 내 아버지, 내 아내, 나의 아들과 딸을 살려주세요, 라고 기도하지 않는 걸까. 나는 상상이 안 된다. 생사가 걸린 일도 아닌, 그저 친구의 병세가 빨리 회복되기를 바라는 마음만으로도 신에게 간절히 기도했었다. 내 몸에 조금만 아픈 데가 생겨도 고통에서 구원해달라고 신에게 기도했었다. 그것만으로도 내 마음은 위로받았다.

'사람은 괴로울 때 신을 찾는다.' 누가 한 말인지는 몰라도 이보다 진실할 수는 없다. 인간이 가장 많이 상대하는 거래 상대는 신이다, 라는 말도 있다. 그를 고통에서 벗어나게 해주신다면, 나의 병을 고쳐주신다면 평생토록 좋아하는 커피를 마시지 않겠습니다, 단것을 입에 대지 않고 절제하며 살아가겠습니다,라고 우리는 신과 거래를 시도한다.

그런데 사실 신과의 거래는 불법이다. 종교는 그것을 금지하고 있다. 자기 이익 때문에 신과 거래해서는 안 되며, 함부로 맹세해서도 안 된다고 성직자들은 말한다.

신이 존재할 리 없다고 말하는 사람은 인간을 절대적으로 믿고 있다. 사람의 힘에 따라 가능과 불가능이 정해진다고 믿는다. 그 이외의 힘은 없다고 생각한다. 내 경험상 그것은 거짓말이다. 나는 내가 가진 힘보다 많은 것을 바랐다. 내가 알고 있는 나의 힘만으로는 도저히 할 수 없는 일들을 경험했다. 그 와중에 내가 실감한 것은 내가 해야 될 일과 할 수 있는 일을 결정한 주체는 내가 아니었다는 점이다. 그게 과연 무엇이었을까. 나는 신이었다고 믿고 싶다.

어른의 자세를 갖춘다

생각지도 못한 비즈니스에 뛰어든 적이 있다. 비즈니스이기는 한데 돈은 한 푼도 벌지 못했다.

2010년 10월 하순경 쇼와대학병원 성형외과 의사인 도사 야스요시 선생을 만났다. 그 자리에서 대뜸

"혹시 아프리카 마다가스카르의 시골에 가서서 가난 때문에 지금까지 언청이로 살아온 아이들을 위해 수술해주실 수는 없을까요?"

라고 물어보았다. 그분께 이런 질문을 던진 배후에는 몇 가지 이유가 있다.

첫째, 도사 선생님은 구순구개열 수술의 전문

가다. 그리고 내가 40년 간 일해온 '해외일본인선교사활동원조후원회(JONAS)' 의 후원자이기도 하다. 마다가스카르의 수도에서 170킬로미터 남쪽에 위치한 안트라베라는 지방 도시에 '아베마리아 산부인과' 라는 병원이 있다. 우리는 이곳에 산부인과 수술에 필요한 수술대와 각종 도구를 지원했다. 신생아용 분유와 분만실도 만들어주었다. 수술에 들어가는 비용도 지원했고, 전력이 부족하다는 얘기에 비상용 발전기도 보냈다. 도사 선생님은 10년 넘게 이 병원에 적잖은 액수를 후원해주셨다. 하지만 우리들 중 누구도 그 병원의 달라진 모습을 눈으로 확인하지는 못했다.

2010년 중순쯤 '아베마리아 산부인과' 에서 근무하는 마키노 유키에 수녀님이 편지를 보냈다. "일본에 계신 여러분의 후원 덕분에 이곳의 많은 환자들이 치료받고 있습니다. 최근에는 이웃 성형외과 의사로부터 저희 수술실을 이용해 성형이 필요한 환자들을 치료하게 해줄 수 있느냐는 의뢰를 받았습니다." 라는 내용이었다. 그 편지를 보자마자 새로운 비즈니스 아이디어가 떠올랐다.

나는 의학에 대해 전혀 모르지만, 듣기로는 마다가스카르의 산부인과에서는 제왕절개만 가능하다고 한다. 난소나 자궁암 수술은 어렵다는 것이다. 전신 마취를 할 수 없어서다. 그래서 요추 마취로 끝나는 제왕절개 수술이 주로 이루어졌다. 전신 마취가 필요한 환자들이 도움을 받지 못한 것이다.

아프리카는 의료 설비가 너무나 부족하다. 마다가스카르가 아닌 다른 아프리카 나라의 국립 병원 수술실은 바닥이 흙투성이다. 다들 흙발로 들락거려서다. 수술대까지 먼지가 쌓여 있다. 사정이 이렇다 보니 현지인 성형외과 의사는 '아베마리아 산부인과'에 도움을 요청한 것이다.

'아베마리아 산부인과' 수술실에서 산과 외에 성형외과 수술까지 가능해진다면 더 많은 사람들을 치료해줄 수 있게 된다. 제일 먼저 떠오른 게 구순구개열 환자들이었다. 일본에도 500명에 한 명꼴로 구순구개열을 지닌 갓난아기가 태어나고 있다.

우리가 그 사실을 모르는 까닭은 전국 각지의 유능한 성형외과 의사들이 적절한 시기에 치료해주고 있기 때문이다. 보이지 않을 뿐 사라진 병이 아니다.

도사 선생님은

"직접 가서 현지 사정을 보고 싶기는 합니다."

라고 대답했다. 이것이 첫걸음이었다. 만일 선생이 바쁘다고 말했다면 나는 다른 이야기를 꺼내서라도 '직접 가보겠다' 라는 대답을 끌어냈을 것이다. 아프리카 여러 나라를 지원하면서 그들이 얼마나 의술로부터 소외되어왔는지를 몸소 겪었다. 거의 모든 병으로부터 아프리카는 방치되고 있는 실정이다. 내가 본 세월만 30년이 넘는다. 30년 전이나 지금이나 아프리카의 상황은 거의 변한 게 없다.

눈앞에서 환자가 죽어가는 것을 숱하게 지켜봤다. 치료해주고 싶어도 손쓸 상황이 아니다. 돈도 없고 설비도 없고 의사도 없고(있더라도 뇌물을 줘야만 진찰해준다), 의사의 기술도 믿을 수 없고, 전기도 없고 약도 없고 건강 보험은 아예 없고, 교통은 엉망진창이다. 도로가 끊긴 자리에 하천이 생기고, 버스도 다니지 않는다. 구급차가 있기는 한데 현지인들은 구경도 할 수 없는 엄청난 금액이다. 구급차를 이용하는 사람이 거의 없었다. 그런 현장을 지켜보면서 우리가 누리고 있는 의료 혜택의 일부라도 그들에게 나눠주고 싶다는 생각을 하게 되었다.

도사 선생님의 긍정적인 답변에 용기를 얻어 두 번째 질문을 던졌다.

"선생님 혼자 가셔서는 부족합니다. 혹시 선생님 병원에서 의료팀을 꾸려주실 수는 없을까요?"

선생님은 잠시 고민하더니 불가능하지는 않다고

대답했다. 그 대답이 프로젝트의 시작이었다.

결과만 간략히 설명하자면 그 후 1년이 채 안 돼 쇼와대학병원에서는 '마다가스카르 구순구개열 프로젝트 팀'이 편성되었다. 2011년 5월부터 6월까지 약 열흘 간 현지에서 의료 봉사가 실시되었고, 32명의 환자가 혜택을 받았다.

구순구개열이란 태어날 때부터 입술이 찢어지거나 찢어진 부분이 혹처럼 튀어나왔거나, 위턱에 크고 작은 구멍이 뚫려 있는 병이다.

유아기에는 모유가 콧속으로 흘러들어가 영양 섭취에 문제가 생긴다. 조금 성장해서는 발음이 제대로 되지 않는다. 구개열 환자의 'ㅅ' 발음은 영어의 'th'가 된다. 점원이 되고 싶어도 고용해주는 사람이 없다. 직업 선택에 어려움을 겪게 되는 것이다.

일본에서는 생후 의료 혜택을 통해 별다른 후유증 없이 수술이 끝난다. 그러나 아프리카 무의촌 지구의 가난한 가정에서 태어난 아이들은 비참한 인생을 살아가야 한다. 우선 주위의 괴롭힘이 심각하다. 그 때문에 많은 집들이 구순구개열 자녀를 숨긴다. 이웃에서는 사람의 자식이 아니라 동물의 자식이니까 가까이 하지 말라고 자기 아이에게 가르친다. 그래서 구순구개열 아이는 학교도 못 다닌다. 그대로 커봐야 삶에 희망이라는 것이 없다. 국가는 그런 아이들에게 무관심하다.

2012년, 두 번째 파견을 위한 준비에 돌입했다. 마다가스카르 병원에서 일하는 수녀님과 일본의 나는 중간에 문제가 생기지 않도록 계속 연락을 취했다. 솔직히 나는 번잡한 것을 무척이나 싫어한다. 하지만 인생에서 번잡함은 피할 수 없는 과제이므로 차라리 내가 만들어서 겪는 편을 선택했다. 매년 아프리카 봉사 활동을 떠나는 이유다. 그리고 알게 되었다. 이 세상에서 '안심하고 살 수 있는 사회' 같은 건 없다는 것을.

현지 수녀님들은 숱한 난관에 둘러싸여 있다. 누군가가 이유도 없이 산소 마취기를 망가뜨렸다. 기술자를 부르려고 했지만, 마다가스카르에는 이것을 고칠 만한 기술자가 없다고 한다. 있어도 오지 않았을 것이라고 한다. 마취에 꼭 필요한 의료용 산소를 아프리카에서 구한다는 것은 불가능하다. 우리가 살고 있는 곳에서는 상상도 하기 힘든 문제가 그곳에서는 매일같이 벌어지고 있다.

자국 아이들을 치료해주겠다며 무보수로 아프리카를 방문하는 외국인 의료 관계자에 대한 아프리카 각국 정부의 태도도 정말 가관이다. 그들을 위해 정부는 아무것도 도와주지 않는다. 외국인 의사가 병든 자국민을 치료해줘봐야 자기한테 돈이 생기는 것은 아니니 고마워할 필요도, 협력할 이유도 없다는 것이다.

이번 프로젝트에서 나의 역할은 서포트였다. 방콕-마다가스카르 비행기 스케줄이 작년처럼 예약한 날짜에 떠오르지 못할까 걱정이었다. 아프리카행 노선은 갑작스레 없어지기 일쑤다. 또 일주일에 비행하는 횟수가 줄어들기도 한다. 스케줄이 시작부터 뒤틀려진다. 올해도 그렇다. 작년보다 출발이 2주일쯤 지연될 것 같다. 마취학과 선생님들의 학회 출석 때문이다. 2주라는 시간이 지구 입장에서는 매우 큰 시간이다. 남반구의 마다가스카르는 지금은 여름이지만 2주 후에는 겨울이 된다. 우리 목적지인 표고 1500미터의 안티라베는 기온이 더 떨어진다. 추위라면 질색인 나로서는 방한구에 집착해야만 한다.

그래도 나는 믿고 있다. 만약 신께서 우리가 그곳에 가기를 원하신다면 어떤 곤란이 가로막더라도 실현될 것이라고 말이다. 반대로 신께서 원하지 않으신다면 우리가 아무리 노력해도 운명은 우리 편을 들어주지 않는다.

아프리카 도처에 난민들이 떠돈다. 상상도 하지

못했던 내전과 기아, 폭동, 정변이 터져 고향에서 쫓겨난 것이다. 그들을 위한 피난용 버스가 제공되지도 않는다. 어느 날 갑자기 생명에 위협을 느끼고 그릇과 냄비와 솥을 머리에 이고 길을 떠난다. 소달구지에 이불과 옷을 싣고 아이들을 태워 새벽같이 떠나는 것이다. 몇 날 며칠을 걷기만 한다. 목적지가 있는 것도, 피난처로 지정된 구역이 있는 것도 아니다. 이웃 나라 국경을 넘어간다고 해서 난민 인정을 받고 안전이 보장되는 것도 아니다.

그렇게 며칠을 걸어간다. 이웃 나라에서 야생 보호 구역으로 지정한 국립 공원에 발을 들인다. 이곳은 사자들의 영역이다. 무방비 상태로 맹수들의 습격을 받는 사람도 많다.

예기치 않은 일이 일어나는 게 인생이다. 예기치 않은 일이라는 것은 어디까지나 인간의 말투일 뿐, 신은 세상 그 어떤 극작가도 따라할 수 없는 복잡한 줄거리와 복선을 숨겨둔 채 세월과 함께 그 의도한 바를 우리에게 하나씩 보여준다.

그리스의 스토아학파 철학자 에피텍투스는 이렇게 말했다.

"신들에 대한 경건이란 다음과 같음을 알아야 한

다. 첫째는 신들이 우리를 중재하고, 우주를 아름답게, 바르게 지배하고 있다는 믿음이다. 두 번째는 그들에 대한 너의 복종이 너를 너의 인생 가운데 머물게 하며, 이웃에게 양보하도록 만들며, 그것이 너를 최고의 지혜로 이끈다는 사실이다. 너는 스스로 나아가야 한다. 내가 가르치는 진리와 함께. 그리하면 너는 신들을 비난하지 않게 될 것이다. 신들에게 무시당했다는 불평도 하지 않게 될 것이다."

인간의 노력이 무의미하다는 뜻은 아니다. 다만 노력한다고 해서 모든 것이 이루어질 수는 없음을 말하려는 것이다. 그 깨달음이 한 사람 몫을 다하는 어른다운 자세라고 나는 생각한다.

타인의 행복이 궁금하지 않은 사람은 불행하다

세상에는 도저히 같이 못 살겠다는 가족들이 있다. 돈이 없는 것도 아닌데 남의 물건을 훔치는 버릇이 있는 늙은 부모를 모시고 산다면 어떨까. 주벽이 있거나, 뒤에서 남의 험담을 하는 게 취미인 형제와 함께 산다면 어떨까. 나라도 인연을 끊고 싶은 욕망에 시달릴 듯하다.

기독교는 삶이란 신에게 받은 선물이라고 여긴다. 따라서 그들에게도 나와 같은 신의 섭리가 똑같이 주어졌다고 인정하는 것이 기본 자세다.

그러므로 마음에 조금 들지 않는다고 해서 상대를 거부하고 배타하는 것은 그에게 생명을 허락한

신을 저버리는 짓이 된다. 이것이 기독교 신자의 딜레마다.

세상에서 가장 중요하고, 재미있고, 복잡한 것은 타자, 즉 사람이다. 피곤한 인간관계에 치이면서도 타인에게 감사와 존경과 흥미를 잃지 않는 것은 그 때문이다.

지금껏 세상에 나 혼자인 것처럼 마음대로 살아왔던 사람들이 지진을 겪고서야 비로소 진심 어린 '유대' 라는 것을 떠올린다. 그 말은 이제까지 사회의 인프라와 돈에 좌우되어 살아왔다는 뜻이다. 가까운 사람이 세상을 떠난 후에야 삶과 죽음을 떠올린다. 비로소 마음이 뚫린 것 같은 슬픔을 느낀다. 세월은 혼자 보내는 게 아니란 것을, 우리 모두는 불쌍한 존재임을 깨닫는다. 잃기 전까지 소중함을 알아내지 못한다. 그것은 상상력의 빈곤이다. 감정의 부족이다.

타인의 행복이 궁금하지 않은 사람은 불행하다. 다른 누군가를 걱정하지 않는 마음은 연약하다. 타인에 대한 관심이야말로 인간됨의 증명이기 때문이다. 남들이 어떻게 살든 나와는 상관없다고 말하는 현대인은 그런 의미에서 인간으로서의 자격이 부족하다. 불행을 예측하는 기능은 인간에게만 허락된 재능이다. 그 재능은 나를 위해서가 아닌 내 주변 사람들을 위해 하느님이 주신 선물이다.

도와주는 사람은 누구인가

동물은 냄새를 맡거나, 바람에 스치는 나뭇잎 소리만 듣고도 천적이 길 앞에 도사리고 있음을 본능처럼 알아챈다. 인간의 논리적 추측과는 많이 다른 재능이다. 보이는 것을 보고 감지하는 능력은 동물의 본능에 지나지 않는다. 보이지 않는 사람 마음을 헤아려 그의 불행과 슬픔을 미리 예견하는 것이 사람의 능력이다. 안타깝게도 우리 시대에는 동물적 본성이 점점 더 늘어나고 있다.

지진이 터졌고 집을 잃었다. 그제야 나를 도와줄 사람이 곁에 있어야 된다는 생각을 하게 되었다. 세상은 나 혼자 살아가는 곳이 아님을 알게 되었다. 내가 힘들 때 도와줄 사람이 없으면 곤란하니까 유대가 중요하다는 생각을 하게 되었다면 너무 이기적이다. 유대란 상대를 위해 시간을 내어주고, 돈을 포기하고, 일해주고, 불편을 감수하며 고통을 나누고 손해를 대신하는 행위이기 때문이다.

히브리어에서 '동지' 라는 단어의 뜻은 우리가 생각하는 동지와는 다르다. 우리는 대화가 통하는 사람, 같은 일을 하는 사람, 나와 같은 동호회에 소속된 사람들을 '동지' 라고 생각한다.

유태인은 다르다. 그들에게 동지의 자격은 둘 중 하나를 만족시켰을 때만 주어진다. 단순히 생각이 같은 것만이 아니라 서로 공유하는 그 생각을 위해 '피, 또는 재산을 희생할 수 있는 사람' 이라는 조건이 따른다.

생명의 위험을 각오하고, 전 재산을 잃어도 좋다는 확신을 나눈 사이야말로 진짜 동지다. 천 엔, 만 엔짜리 지폐 몇 장으로 이웃을 구제했다고 말하는 사람들, 재해 지역에서 며칠 동안 봉사 활동을 자처한 것으로 사회적 책임을 다했다고 믿는 사람들에게 유태인은 그것은 동지도 아니며, 유대도 아니라고 말할 것이다.

동일본 대지진이 일어난 지 만 1년을 지났다. 과

연 우리는 이 엄청난 재난 속에서 무엇을 얻었을까. 수습하는 과정에서 모두가 실망뿐이었다. 재해 지역에서는 엄청난 양의 폐자재와 쓰레기가 방출되었고, 각 지자체들은 방사능에 노출된 것들은 받지 않겠다고 공표했다. 소각할 수 있는 것은 소각하고, 묻을 수 있는 것은 묻고, 방사능 수치도 엄격하게 통제했다. 정부 말로는 안전한 폐기물이라고 했다. 물론 그 말을 다 믿을 수는 없다. 지역 주민들의 반감도 당연하다. 하지만 이번 재난은 우리 모두의 것이다. 누구의 책임도 아닌 자연 재해였고, 그 자연 재해는 일본이라는 나라를 덮쳤다. 좋든 싫든 이 나라에 살고 있는 우리 모두의 몫인 것이다. 버린다고 버려지거나, 피한다고 피할 수 있는 문제가 아니다.

얼마 전 뉴스를 보니 재해 지역 사람들 출입을 막는 동네가 많다고 한다. 재해 지역 차량 번호를 단 자동차를 자기 지역으로 못 들어오게 돌려보낸다는 것이다.

여전히 사람들은 유대가 중요하다고 말한다. 극렬한 이기주의는 어쩌면 가장 인간다운 모습인지도 모르겠다.

타인의 고통을 대하는 자세

'유대'에 이어 '더불어'라는 말도 대유행이다. 매스컴도, 정치인도, 연예인도 '더불어'를 외친다.

작가 협회에서 서신 한 통을 받았다. 작가들이 재난 지역에 무료로 책을 보내주기로 했다면서 동참하라는 내용이었다. 나는 거절했다. 이유가 있다. 지진이 있고 겨우 1년이 지났다. 과연 조용히 책장이나 뒤적 거릴 여유가 그들에게 있을까. 몸도 마음도 지쳐 있는 데 책이 눈에 들어올까. 지낼 곳이 없어 살림도 포기한 마당에 부피가 큰 책을 보관할 곳이나 있을까.

이렇게 생각하는 내가 속물처럼 보일 때도 있다.

속물임을 고백했으니 한마디 더 하자면 뭔가를 보내고 싶다면 돈을 보내는 게 최고다. 구호 물자가 너무나 부족하다. 전국적으로 구호 물품을 기부한 분들이 많은데, 굳이 흠을 잡자면 자기 집에 필요 없는 것들을 버릴 요량으로 기부한 경우가 적지 않았다. 멀쩡한 사람들에게도 필요 없는 것들이 재난을 당한 사람들에게 필요할 리 없다. 당연히 창고에 가득 쌓여 있다. 쌓여 있는 것으로 끝이 아니다. 창고 임대료는 공짜가 아니다. 텔레비전에서 반쯤 쓰다 만 생리용품이 섞여 있더라는 자원 봉사자의 인터뷰를 보면서 눈물이 났다.

재해가 일본에 가져온 것은 차별이다. 속된 말로 단지 재수가 없었을 뿐인데 재해를 당한 사람들이 죄인 취급을 받는다. 운 좋게 재해에서 벗어난 사람들은 자기들이 그들보다 우월했기에 목숨을 부지했다고 자랑한다. 착각도 이런 착각이 없다.

1985년에 에티오피아를 찾았다. 그 당시 에티오피아는 기아가 극심했다. 그곳에서 지금의 일본과 똑같은 풍경을 보았다. 일본에서 기부받은 옷을 많이 가져갔는데 막상 뚜껑을 열고 보니 놀랍게도 여아용 파티복이 잔뜩이었다.

에티오피아는 고지대다. 추위가 살을 찢는다. 아

이들은 어쩔 수 없이 찢어진 티셔츠와 누더기 같은 바지를 걸치고 있다. 그들에게 필요한 것은 긴 소매의 두툼한 셔츠와 바지, 스웨터다. 1985년 일본의 가정주부는 에티오피아 빈민을 위해 자기 딸에게 맞지 않는 파티용 의상을 기부했다. 그리고 삼십 년 가까운 세월이 흘렀다. 젊은 여성은 자기가 쓰던 생리대를 구호 물품이라며 기부했다. 대체 무슨 생각들인 걸까.

지진 지역에는 외국인도 많이 찾았다. 도와주기 위해서다. 전 세계에서 기부금이 들어왔다. 한 달 생활비가 3000엔에 불과한 나라의 시민들도 우리에게 돈을 보내왔다. 이것은 단순한 기부금이 아니다. 그들의 생명이다.

성경에는 가난한 과부가 등장한다. 예루살렘 성전에서 헌금하는 모습을 보고 예수는 말한다.

"저 사람들은 모두 넉넉한 데서 얼마씩을 예물로 바쳤지만 이 과부는 구차하면서도 가진 것을 전부 바친 것이다."(루카 복음서 21장 4절)

우리는 돈으로 사람의 마음을 헤아린다. 하지만 같은 1만 엔이라고 해서 똑같은 1만 엔은 아니다. 가난한 사람에게 그것은 자기 몸을 깎아내는 거금이고, 부자에겐 1천만 엔도 푼돈에 지나지 않는다.

더불어 살아간다는 것은 내 몸의 편리함과 안전을 그들이 보장해줬기 때문에 이루어지는 것이 아니다. 피할 수 없는 숙명이다. 어쩔 수 없는 관계들에 둘러싸여 우리는 살아가는 것이다. 일본은 그것을 모르고 있었다. 아니면 거부해왔다.

더불어 살아가는 이유는 나를 위해서가 아니다. 물질적인 도움과 외로움 때문에 이웃과 가족이 필요한 것은 아니다. 더불어 살아간다는 참의미는 내 주변의 불행한 운명까지 감수하겠다는 각오다.

인간의 행복에는 정해진 모습이 없다

　고령화 사회가 진행될수록 간병인이 부족해지는 것은 당연하다. 특히 고령화가 심각한 일본은 머잖아 위기를 겪게 될 것 같다. 노인을 돌봐줄 씩씩한 청년들이 계속 줄고 있기 때문이다.

　이를 알면서도 정부는 노동 이민에 부정적이다. 정부는 일손이 모자란 것을 뻔히 알면서도 거부하고 있다. 외국인 개호 복지사의 국내 진출만 해도 불과 얼마 전 일이다. 2012년 경제협력협정(EPA)에 따라 인도네시아와 필리핀의 개호복지사 후보자 95명이 국가 시험을 치렀고, 36명이 합격했다. 2012년 1월 조사에 따르면 전체 유효구인배율이 0.72였던 데 비해 개호직은 1.96이었다. 설명하자면 다른 직종은 평균 한 사람이 0.72명 몫의 일을 하는 데 비해 개호직은 한 사람이 두 사람 몫의 일을 하고 있다는 뜻이다.

정부 대책을 보고 있으면 태풍에 나무가 쓰러진 후에야 이러다가 바람에 날아가겠다면서 쓸데없는 잔가지를 잘라내는 것 같다. 문제가 심각해지자 정부는 인도네시아 여성에게 개호직 취득을 허가하겠다고 발표했다.

외국인 개호사도 필기 시험을 치러야 한다. 시험 문제는 당연히 일본어다. 개호의 한자 '호(護)'를 외국인에게 강요하겠다는 얘기다.

가장 큰 장벽은 일본어다. 학습 비용을 국가에서 약간이나마 지원해주고는 있지만, 대부분은 현지 학원에서 전담하고 있다. 시험에 합격해 일본에서 일하게 되면 매달 얼마씩 갚아나가는 구조다. 따라서 시험에 떨어지는 사람이 늘어날수록 현지 학원의 부담이 가중되고, 교육의 질이나 학원 숫자도 점점 줄어들게 되는 것이다.

세상은 변하고 있는데 그 속에서 살아가는 우리의 생각은 더 딱딱하게 굳어 있다.

옛날에는 집안 가족들이 노인을 돌봤다. 지친 며

느리는 가끔 모른 척하고 일하는 아들은 바빴지만, 귀여운 손자들은 할머니, 할아버지에게 애교를 떨었다. 어린 눈에도 콜록거리며 기침하는 늙은 할머니 할아버지가 불쌍했을 것이다.

그렇게 전문가는 아니었어도 부모를 모시며 한 인간의 마지막을 지켜봐주었다. 개호란 게 그렇다. 밥을 먹이고 용변을 돕고, 몸을 닦아주는 것은 실무일 뿐이다. 중요한 건 병자와 노인을 기쁘게 만들어주려는 작은 시도다.

나도 엄연히 노인이다. 나이가 들수록 몸 쓰기가 예전만 못하고, 마음에 여유가 사라지는 것을 느낀다. 귀는 어두워지고, 입맛도 예전 같지 않다. 그중에서도 가장 큰 괴로움은 대화하지 못할 때의 아쉬움, 외로움이다. 그러니까 사람을 돌보는 직업은 인간적으로 상냥하기만 하면 된다.

의학 용어를 몰라도 환자를 휠체어에 태워 창가로 끌어줄 수는 있다. 창밖의 매화나무를 가리키며

"할머니, 꽃 예쁘죠?"

라고 말 걸어주는 걸로 충분하다. 할머니, 꽃, 예쁘다라는 말은 일본에서 한 달 정도 있으면 저절로 배워진다. 매화라는 말을 모른다면

"저 꽃, 뭐예요?"

라고 물어본다. 아픈 할머니는 기쁘게

"매화야."

라고 대답해줄 것이다. '뭐예요?'라는 질문도 어려운 게 아니다. 외국인이 제일 먼저 배우는 말이다. 어학 연수의 첫걸음이다. 가르칠 기회를 상실한 할머니에게 외국의 젊은 아가씨로부터 "할머니, 고마워요. 나, 또 배웠어요."라는 인사를 받게 된다면 기나긴 하루가 행복해질 것이다.

인간에게 성숙이란 무엇인가

'하면 된다'는 인생의 정답이 아니다

금년 여름은 묘하게 지쳤다. 그렇게 말하면 남편은 나를 바보 취급하듯

"다 나이 탓이야."

라면서 웃는다. 그런 말을 들으면 괜히 부아가 나서 '나도 잘 알아요'라고 쏘아붙이고 싶다.

올 여름이 팔십 넘은 나이 때문에 피곤했던 것은 아니다. 올림픽이 문제였다. 올림픽 방송이 매일 몇 시쯤 시작되는지 모른다. 새벽녘에 눈이 떠져 텔레비전을 켰더니 올림픽 중계를 하고 있었다. 그래서 보게 된 적은 있다. 그렇다고 텔레비전을 너무 많이 봐서 지친 것도 아니다.

스포츠를 좋아하는 편은 아니지만 실력을 떠나 자기 발로 걷고 뛰기를 멈추지 않는 사람들을 존경한다. 몸은 반드시 사용해야 되는 것이라고 믿고 있다.

같은 스포츠라고 해도 보는 것과 하는 것에는 차이가 있다. 눈으로 보는 스포츠는 몸이 괴롭지 않다. 덥지도, 춥지도 않고 몸도 아프지 않고, 심판과의 인간관계를 고민할 필요도 없다. 에베레스트 원정대를 취재한 다큐멘터리를 보면서 마지막 순간에 가슴이 두근두근하는 기분이다. 이런 두근거림은 사실 비겁한 것이기도 하다.

소파에 누워 스포츠를 보면서 맥주와 감자튀김을 먹는 아버지들이 많다. 자기 몸은 스포츠 정신과 거리가 먼데, 야구 같은 스포츠에 푹 빠져 산다. 그 괴리가 슬프기도 하고 웃기기도 한다. 인생에서 좋은 일, 옳은 일만 하고 살 수는 없다. 인간은 몸에 나쁘다는 걸 알면서도, 그게 비겁한 짓임을 알면서도 해야 될 때가 있다. 그것이 죄라고는 할 수 없다.

다른 나라의 스포츠계가 어떤 실정인지는 모르겠다. 어쨌든 나는 일본인이므로 일본의 올림픽 철학에 대해 언급해야겠다. 올림픽 하면 제일 먼저 나오는 이야기가 '정신 강화'다. 정신강화…. 듣기만 해도 지쳐버리는 단어다. 매사 시작은 불안과 공포다. 과정에는 좌절이 있고, 집어치우고 싶다는 욕망이 머리끝까지 차올랐을 때 마침내 결과를 얻는다. 운동선수만 그런 게 아니라 우리 인생이 모두 그렇다. 부모님이 돌아가시거나, 내 몸이 병들어 경제적으로 큰 곤란을 겪는다. 그래도 이겨내는 끈기의 역사가 사람들에겐 하나씩 있게 마련이다.

그것이 인생이며, 이를 부인하고는 살아갈 수 없다. 그런데 올림픽에 나가는 선수들을 취재한 기사를 보면 미화가 너무 심한 것 같아 살짝 기분이 잡친다. 이 선수가 이렇게 될 때까지 많은 어려움이 있었지만 주위 분들의 따뜻한 격려와 뒷바라지해준 부모님 덕분에 모두 이겨낼 수 있었습니다, 라는 식이다. 특정 선수만 그런 게 아니라 종목과 성별을 가리지 않고 모든 선수에게 해당되는 기본 스토리다.

우리 애는 공부하기를 죽도록 싫어해서 그럼 네 마음대로 해봐라, 하고 놔뒀더니 운 좋게 올림픽에 나가는군요, 라는 경우가 현실에는 정말 없는 것인지 신문과 텔레비전에서 그런 취재를 한 번도 못 봤다. 또 내 주위에 운동선수가 없어 개인적인 체험담도 듣지 못했다.

아버지는 내가 소설 쓰는 것을 반대하셨다. 어머

니가 몰래 격려해주셨다. 그 시절엔 여자가 소설을 쓴다는 걸 좋게 봐주지 않아 학교에서도 소설가를 꿈꾼다고 함부로 말하지 못했다.

아버지가 내 꿈을 반대하신 이유는 나를 미워해서가 아니었다. 당시 소설가란 착실한 생활과는 거리가 먼 이상 인종이었다. 술과 담배, 과로로 몸을 망쳐 단명하는 불행의 상징이었다. 아버지는 상식적인 판단에서 하나뿐인 딸이 문학을 하는 게 두려웠을 것이다. 반대로 내 꿈을 지지해준 어머니가 평소 문학을 좋아했던 것도 아니다. 반대하지 않았을 뿐 크게 도와주신 적도 없다.

나는 알아서 동인 잡지에 참가했고, 소설을 공부하기 위해 아르바이트를 했다. 몇 년 간 습작의 시간을 보냈음에도 싹이 보이지 않아 어느 날 그만두기로 결심했다.

그런데 바로 그날 투고한 소설이 잡지에 실렸다. 서점에 서서 잡지에 실린 내 소설을 읽으며 소설가를 포기하겠다는 마음을 취소했다. 즉 모든 결심은 나 혼자 정해버렸다.

소설을 쓰기 시작한 지 60년이 지났다. 지난 가을에 그동안 내가 써온 소설들을 정리하는 책을 출판했다. 내가 원했던 것은 아니고 신문에 연재되었던

기사를 보고 모 출판사가 책을 내고 싶다고 연락이
와 계획하게 된 것이다.

문학도 스포츠만큼 힘들고 고되다. 내가 젊었을
때 이런 이야기가 있었다. 작가가 되고 싶다면 여
자에게 버림받고 병에 걸리고 돈이 없어야 된다.
쉽게 말해 고생한 경험 없이는 작가가 될 수 없다는
일종의 징크스 같은 게 있었다. 나는 여자여서 이
세 가지 징크스를 겪어보지 못했다. 몸도 건강했
고, 가난하긴 했어도 그 시절엔 다들 가난해서 내가
얼마나 가난한 사람인지 감이 오지 않았다. 이런
것을 생각하면 내가 어쩌다가 작가가 되었는지 궁
금해진다.

여러 직업을 전전한 작가도 많다. 내가 아는 분
중에 사회적으로 큰 성공을 이룬 분이 있는데 이분
얘기를 듣고 있자면 그의 청춘은 그야말로 밑바닥
그 자체다. 그때의 고통이 그를 성공으로 이끈 셈이
다. 정도는 달라도 인생은 괴롭다. 그래야만 되는 것
이다. 그래서 나는 매스컴이 싫다. 그저 최선을 다했
기에 금메달을 딸 수 있었다는 기사는 재능 없는 기
자의 밥벌이에 불과하다.

도쿄 올림픽(1964년) 이후 스포츠계에서는 '하면
된다'라는 말이 진리로 자리 잡았다. 일반인뿐 아니

라 이제는 예술계에서도 '하면 된다' 가 신앙처럼 군림하고 있다.

도쿄 올림픽이 거행되었을 때 스포츠 기자가 거의 없었다. 잘 아는 신문사에서 나더러 배구 취재 좀 해줄 수 있겠느냐고 청탁이 올 정도였다. 그런데 나는 배구 룰을 몰랐다. 체육 시간에 배운 배구는 9인제였는데, 올림픽 경기장에 가보니 여섯 명이 코트에 서 있다. 옆자리에 앉은 다른 신문사 기자에게 묻자 그는 시합이 시작되기 전까지 이것저것 친절히 가르쳐주었다. 그러고 보니 내 인생은 매순간 내게 친절을 베풀어준 분들이 만들었다고 해도 과언이 아니다.

올림픽이 끝나고 작가 협회에서 책을 한 권 냈다. 올림픽에 대한 작가들의 감상문 같은 것이다. 나는 '하면 된다' 에 순종할 수 없는 이유를 써냈고, 결과적으로 내가 쓴 글만 책에서 빠졌다.

누구든지 노력한 만큼 보답받고 싶어한다. 하지만 아무리 노력해도 실패할 때가 있다. 노력한 만큼 대가가 따라오는 것이라면 세상에 슬퍼할 사람이 없다. 그리고 인생은 자연과학이 아니다. 성분을 분석하듯 성공과 실패를 구별할 수 있는 게 아니다.

그래서 작가는 문학을 한다. '일 더하기 일은 둘'

이 아니라 '삼', 혹은 '마이너스 일'이 되곤 하는 불
가사의한 불합리를 즐겁게 써내려가는 것이다.

단념이란 반드시 배워야 할 인생의 지혜다

무사히 런던 올림픽이 끝났다. 올림픽 기간 내내 런던은 전시 체제였다고 한다. 관계자들도 이제 한시름 놓고 편한 잠을 잘 수 있게 되었다. 올림픽이 끝나면 패럴림픽(장애인올림픽)이 개최된다. 나는 이 순서가 매우 마음에 든다. 장애인 선수들이야말로 '하면 된다'를 몸으로 증명한 사람들이기 때문이다. 할 마음이 없는 사람에게서 그런 기록이 나올 수는 없다.

그럼에도 불구하고 나는 또 이 말을 해야 될 듯싶다. 인생의 정답은 '하면 된다'가 아니라는 것이다. 패럴이라는 접두어는 '초월'의 의미를 담고 있다.

불규칙하고 병적이라는 뜻도 있다. 다른 말로 하면 '준(準)' 으로 의역이 가능하다.

'하면 된다' 라는 말에는 룰을 따르라는 명령이 포함되어 있다. 겹겹이 쌓아서 그 높이에 도달할 수 있다는 얘기다. 열심히 하다보면 그런 결과가 나올 수 있다. 그런 결과를 간절히 원하는 사람도 있다. 사실 우리 모두가 그렇게 되기를 바라고 있다. 그러나 1964년 이후 이런 마음이 속박처럼 우리를 쥐어짜고 있다.

인생에서 반드시 배워야 될 지혜는 단념이다. 단념을 통해 우리는 기대하지 못했던 평안과 만난다. 하지만 현대 사회는 단념을 용납하지 않는다. 단념은 비도덕이며, 불법이다. 참으로 이상한 시대에 살고 있다는 생각이 지워지지 않는다. 그렇다면 언제, 어디서, 무엇을 계기로 단념하는 게 좋을까. 정해진 룰은 없다. 그의 마음이 알려주는 것이 이유이며, 그의 마음이 그만두자고 말하는 그때가 기회다.

혹시나 하는 염려에서 미리 둘러대자면 단념하지 않는 편이 가장 좋다. 쓰나미 때도 우연히 뭔가를 붙잡은 덕분에 살아남은 사람이 있었다. 집안 천장까지 차오르는 물을 보고 이젠 죽었다 싶었는데, 단 몇 센티미터를 남기고 물이 더 들어오지 않아서 살아남았다고 말한 사람도 있었다. 단념하지 않은 덕분에 목숨을 건진 것이다.

하지만 세상 사람들이 절대로 단념하지 않는다고 가정한다면 정말 지쳐버릴 것 같다. 무조건 버티는 모습을 보면서 좌절하게 될 것 같다. 그만큼 단념은 어려운 것이다. 나는 인생에서 보여줄 수 있는 최고의 예술이라고까지 생각한다. 지혜로운 어른만이 할 수 있는 행위라고 생각한다.

힘쓰겠습니다, 반드시 해내겠습니다, 라는 의지는 젊은이들의 것이다. 아쉽게도 나의 젊은 날은 이렇게 말해본 적이 없기는 하다. 열심히 해보고 싶다는 의지가 있기는 했으나, 나의 몸과 마음이 따라가지 못한다는 것을 알고 있었다. 그래서 나는 어디서도 '평생토록 열심히 소설을 쓰겠습니다'라고 공언한 적이 없다. 여든 살이 넘은 이 나이까지 내가 글을 쓰게 되리라고는 한 번도 생각해보지 않았다. 이쯤 되니까 죽을 때까지 글을 쓰게 될 것 같기는 한데, 어디까지나 우연이다. 이 나이까지 글을 쓰기 위해 노력한 것은 없다. 인생은 다만 괴로웠고, 그때마다 나는 견디지 못했다는 말밖엔 해줄 말이 없다.

단념하는 것도 인생에 필요한 성숙이다. 요즘 들어 자주 드는 생각이다. 그리고 단념은 결국 자각이다. 누가 너 포기했구나, 말해주는 것은 필요 없다. 나 스스로 내가 단념했음을 인정하게 될 뿐이다. 나름대로 생각하고, 노력하고, 마지막 순간까지 노력했지만 여기가 한계였다고 나 자신에게 보고하는 것이다. 그렇게 하면 먼 훗날 삶의 마지막 시간에 지나온 생애를 뒤돌아봤을 때 그 일이 후회스런 감정으로 남게 되지는 않을 것 같다.

'열심히 하겠습니다' 라는 말은 청년의 것이다. 그러하기에 직선적인 젊음이 안쓰럽다. 그런 말 외에는 자기 감정을 표현하지 못하는 언어적 빈곤이 나를 피곤하게 만든다. 여기서도, 저기서도 그저 버틸 뿐이라고 대답한다. 듣는 입장에서는 답답하고 지친다. 그런 기분을 부채질하듯 금년에는 매미도 일찌감치 울음을 터뜨렸다.

삶의 시간은 양보다 질이 중요하다

　텔레비전에 나오는 소설가처럼 원고가 제대로 써지지 않는다고 머리를 쥐어뜯거나 잘못 쓴 원고지를 아무렇게나 구겨서 던져버리는 작가는 거의 없다. 그것은 아쿠타가와 류노스케나 다자이 오사무처럼 너무나 유명한 작가의 이미지를 무책임하게 연출한 데 지나지 않는다. 다시 말해 진짜 작가의 행위가 아닌, 작가는 이럴 것이다, 라고 상상한 연출가의 머릿속 이미지일 뿐이다.

　대부분의 작가는 조용히 일한다. 우리 집에는 두 명의 작가(남편과 나)가 있는데, 마음에 안 드는 원고를 구겨서 버리는 짓은 해본 적이 없다. 쓴다는 행위가 시작되기 전에 머릿속에서 어느 정도 생각이 정리되었기 때문에 펜을 들었을 때는 쓴다는 게 그다지 어렵지는 않다. 담담하게 써내려가는 게 고작이다.

옛날부터 근시가 심했던 나는 같은 자세로 오랫동안 글을 쓰면 목과 등뼈가 아파온다. 여기에 나이까지 들면서 오랜 시간 책상에 앉아 글을 쓴다는 게 점점 더 힘들어지고 있다. 그래서 한 가지 계책을 생각해냈다. 등받이 조절 기능을 갖춘 가죽 소파를 샀다. 요즘은 피곤할 때마다 이 소파에 누워 책을 읽거나, 까마귀가 커다란 집을 지었던 옆집의 멋진 정원수를 구경한다. 서재에는 정적과 침묵뿐이다. 내가 좋아하는 바그너나 부르크너의 음악이 흐르고 있더라도 그곳에는 나 혼자다. 누군가를 의식하는 점잖음은 없다.

인생에는 한계가 있고, 그 귀한 시간을 나와 말이 통하는 사람과 지내고 싶다는 욕망은 자연스러운 감정이다. 나와 오랫동안 우정을 나눈 친구들에게는 공통점이 하나 있다. 그들은 금전에 밝지 못하다. 내게 어떤 식으로든 경제적 관계를 요구하지 않았다.

잡지사나 출판사가 요구해서 그들과 대담을 기획하거나, 같이 인터뷰한 적은 있어도 그들과 '돈 되는 일'에 나서본 기억은 없다. 그들이 내게 주는 것은 지식뿐이다. 그마저도 우정과 호의 때문이며, 가르침 받는 나 또한 수업료를 내지 않는다. 돈을 빌려주거나 꾸지도 않는다. 선물도 비싸다 싶으면 피한다.

내가 생각하는 최고의 우정 표시는 함께 식사를 하는 것이다. 함께 밥을 먹는 자리에 성별과 나이는 쓸데없는 참견이다. 우리는 배가 고프고, 이왕이면 말이 통하는 사람과 즐겁게 식사하고 싶다. 만약 상대가 혼자 살고 있다면 집으로 초대한다. 우리 집에서 먹는 밥이 대단치는 않아도 그가 혼자 집에서 먹을 때보다 반찬이 한 가지는 더 있을 것이다. 나로서도 어차피 집에서 밥을 먹으니까 젓가락만 한 짝 더 놓으면 된다. 입이 하나 늘어도 불편할 게 없다.

내가 고수하는 인간관계는 지금 그 사람에게 최선을 다할 것, 그리고 나와 같은 말, 같은 생각을 가진 사람과 만나는 것이다.

배우와 달리 작가는 세상에 자기를 보여주지 않아도 된다. 작가에게 중요한 것은 외계를 바라보는 시간들이다. 사람들이 나를 주목할 때가 있다면 강연에 나섰을 때인데, 그래서 나는 강연하기를 좋아하지 않는다.

강연에는 청중과 연사 사이에 대화가 없다. 유명

작가 중에 텔레비전 출연을 좋아하는 사람이 있는데, 이런 사람들은 지하철에서 "○○○씨 아니세요?"라는 말 듣기를 좋아한다. 하지만 나는 텔레비전에 나갈 일이 없어 거리에서도 사람들이 알아봐주지 않는다. 그것이 나한테는 무척 소중한 자랑 거리다.

사람에겐 두 가지 시간이 있다. 수입을 얻는 데 필요한 공적인 시간과 집에 들어간 후의 사적인 생활이다. 사적인 시간은 다시 세 가지로 나뉜다. 완전한 개인이 되는 시간, 가족 중 한 사람으로 지내는 시간, 마지막으로 지인들과의 만남이다. 세 번째 시간은 요즘 유행하는 말로 '파티' 같은 것이다. 이 세 가지 시간을 잘 배분해서 보낸다면 정신이 건강해진다. 하지만 서로가 서로에 대해 잘 모르는 파티에서라면 자칫 쓸데없는 갈등에 휘말려 인간관계가 피곤해진다. 어디까지나 파티 등을 싫어하는 내 입장에서 하는 말이다. 편파적인 사고방식임을 잘 알고 있다.

나의 개인적인 시간은 두 가지밖에 없다. 마지막 부분이 빠져 있다. 아마도 1년에 한 번쯤 지인들과의 모임에 나가는 것 같다. 그것도 초대장이 오면 억지로 나가는데, 대부분은 참석하지 못할 것 같다고 구구절절이 변명을 늘어놓곤 한다.

나의 오해일 수도 있지만, 이처럼 오랫동안 사람들이 많이 모인 곳을 피하고 있으니 나를 아는 분들은 이런 나를 이해해주지 않을까, 기대하고 있다. 내가 나쁜 사람이라서, 혹은 그를 싫어해서 자리에 나가지 않았다고 기분 나쁘게 여기는 분들은 없을 것이라고 아주 굳게 믿고 있다.

따지고 보면 참석하지 못할 이유라는 것도 없다. 단지 사람들이 많은 곳은 피곤하다. 꼭 가야 될 상황에는 잠깐 들러 인사만 하고 바쁘다면서 잽싸게 도망친다. 큰 실례임을 너무나 잘 알고 있다.

혼자 있는 시간도 소중하고, 사람들과 어울리는 시간도 빛이 난다. 침묵과 대화는 인간을 다듬고 빛내주는 덕목이기 때문이다. 둘 중 무엇도 포기하지 않는 삶이 올바르다는 것을 나도 알고 있다.

나는 지극히 개인적인 성격이다. 혼자 생각에 잠기는 것을 좋아한다. 지금 당장 해결해야 될 고민들로 괴로워할 때가 많지만, 창밖을 바라보면서 내가 정말 외롭구나, 라고 깨닫는 시간도 좋아한다. 사람들은 이런 나를 이해하지 못할 것이다.

그런데 나의 생활은 외로움과는 거리가 멀다. 가족도 있고, 나를 도와주는 비서들도 여럿이다. 게다가 건강하다. 하지만 타고나기를 천성이 쓸쓸해서

뭔가 해보고 싶다는 마음보다는 가만히 있어도 우리는 조금씩 소멸하고 있다는 불안이 더 크다.

직업이 의자에 앉아서 하는 일이라 주기적으로 마사지를 받아야 한다. 단골 마사지 가게 직원은 꾸밈없는 솔직한 성격이다. 손가락 끝의 감각이 특별해서 내 몸을 몇 번 만지기만 해도 어디가 안 좋은지 금방 알아낸다. 하루는 등이 평소보다 부풀었다면서 간이 안 좋은 것 같다고 했다.

"술은 한 방울도 못 마셔요."

나는 웃으며 말했다. 마시지 못한다기보다는 별로 마시고 싶지 않다.

"일을 너무 많이 해서 그래요."

그녀는 자신의 육감을 자신한다.

"그런가요? 오늘은 한 자도 안 썼는데."

"쓴다, 쓰지 않는다가 중요한 게 아니에요. 뭔가를 생각한다는 것 자체로 사람은 지쳐요."

조금 생각했다고 해서 간까지 부풀어 오르다니, 놀라운 일이다. 나는 납득하지 못했다. 그래도 작가로서 내가 생각하는 정도가 글을 쓰는 일만큼이나 부담스럽다는 자각은 있다.

그래서 다음날 친구들을 만나 수다를 떨었다. 나이를 먹을수록 나는 점점 더 무책임해지고 있다. 우리의 수다에는 반성도 없고, 정중함도 없다. 오직 험담뿐이다. 특정인을 지목해 뒤에서 상처를 주는 험담이 아니라 그 자리에 모인 우리끼리 서로를 헐뜯는다. 이것이 우리에겐 우정의 징표다. 친구들과 수다를 떨다보면 술에 취한 것처럼 몸과 마음을 가누지 못하게 될 때가 있다. 대화는 술 이상으로 나를 취하게 만든다.

성숙이란 상처 없는 인격을 말하는 게 아니다. 물론 그런 사람도 있겠지만, 그보다는 열매가 익어가듯 변해가는 과정이다. 인생에서는 시간의 양보다 질이 중요하다.

수비적인 태도는 자칫 삶을 비겁하게 만든다

　젊은 시절 우노 치요(소설가) 씨가 디자인한 기모노를 입고 로마 시내를 돌아다닌 적이 있다. 생각해보면 그리 비싼 옷은 아니었다. 그래도 고운 생사로 짠 무늬에서 윤이 나는, 황색 바탕의 기품 있는 기모노였다. 무늬는 우노 씨가 좋아하는 사방으로 떨어지는 벚꽃이었다. 그 기모노가 봄을 맞이한 로마 한복판에서, 한때 그들이 꿈꿨던 동양의 황금을 떠올리게 했던 것인지 횡단보도 앞에서도 브레이크를 밟지 않는 로마의 운전자들이 내가 길가로 내려오기도 전에 차를 세워준다. 내가 입은 기모노가 신기해서 그랬던 것 같다.

이 얘기는 내가 날조한 자랑이 아니다. 작가인 오오카 쇼헤이 씨와 로마에서 같은 호텔에 숙박한 적이 있었다. 오오카 씨는 로마의 도로 교통에 치를 떨며 횡단 보도를 건널 때마다 생명에 위협을 느꼈다고 고백했다. 그분 특유의 유머러스한 투덜거림에 나도 웃으며

"그럼 제가 선생님을 지켜드려야겠네요."

라고 말했다. 그리고 다음 날 같이 길을 나섰는데, 기모노를 입은 나를 보고 자동차들이 상냥하게 길을 양보해주는 것이었다.

그날 내가 입은 기모노는 무릇 남자란 짧은 순간이나마 여자를 보호해주고 싶어하며, 그런 자신을 세상에 보여주고 싶은 욕망이 있다는 것을 로마 남자들 마음속에서 일깨웠던 것으로 보인다.

외국 사람들은 아름다움을 추구하는 데 솔직하다. 타인에게 양보하지 않는다. 타인의 시선에 상처받지 않는다. 그보다는 다른 사람들 눈에 내가 아름답게 비춰지기를 바란다.

외모가 아름다운 사람은 무엇을 입어도 아름답겠지만, 우리 모두가 그런 행운을 타고나지는 못했다. 그렇다고 실망하기에는 이르다. 다른 것으로 얼마든지 보완할 수 있기 때문이다. 좋은 자세, 대화에 적

극적인 태도, 타인에 대한 배려, 교양, 밝은 미소, 나의 생김이 남보다 못하다는 열등감을 떨쳐내려는 자신감이 그의 매력이 된다. 나는 사람들과 다르다는 존재감을 보여주기 위해 노력한다. 그래서 우리는 옷을 고른다.

　나는 다도를 모르지만, 다과회에서 입는 기모노가 화려해서는 안 된다고 들었다. 우리에겐 '배려'가 필요하다. 요즘은 모르겠는데, 과거에는 게이샤들이 기모노에 수를 놓지 않았다. 반지도 끼지 않았다. 만약 손님이 여자라면 그녀보다 더 비싼 기모노, 더 좋은 장신구를 차고 있는 게이샤에게 질투를 느낄 테고, 그것은 손님에 대한 예의가 아니라고 생각했기 때문이다.

　배려는 언제 어디서나 필요하다. 하지만 타인이 비난할지도 모른다는 염려로 다과회 같은 격식을 갖춘 자리에서 수수한 기모노를 입는 것이라면 마음이 너무 가난하다. 요즘 들어 자주 드는 생각인데, 일본인은 무난한 삶을 지나치게 바란다. 남의 눈에 띄지 않는 게 좋다는 의식에 지배당하고 있다. 눈에 띄지 않는다는 것은 남이 나를 칭찬해줄 일이 없으나, 반대로 욕먹을 일도 없다는 안도감이다. 너무 수비적인 태도다. 수비적인 삶은 자칫 비겁한 인생이 될 수도 있다.

합리적이지 않은 법임에도 관료의 90퍼센트가 이를 고치려고 하지 않는다. 이유를 물어보면 대답은 한결같다. '지금까지 그래왔으니까.' 하지 못하는 이유를 말하지 않는 비겁함이 우리 안에 너무 깊이 뿌리를 내렸다.

정부 관리들은 다들 수재 출신이다. 어떤 분이 말씀하시기를 수재란 종이책 위에서만 놀아야 된다고 했다. 주어진 문제의 해답은 풀 수 있어도 '자기(自己)'라는 문제와 부딪혀서는 아무 답도 찾지 못한다는 것이다. 세상은 비록 더불어 살고 있어도 군대가 아니다. 우리는 각자의 개성을 확립하기 위해 노력해야 한다. 눈에 띈다는 것은 옷차림만 얘기하는 게 아니다. '나는 이렇게 생각합니다', '나는 이렇게 행동할 것입니다'의 증명이다. 한때 군복이 이 나라를 지배했었다. 누구 한 사람 튀지 못하고 똑같은 군복을 입었다. 집단의 힘은 결국 세상을 무너뜨렸다.

튀는 옷을 입지 말자고 하는 게 아니다. 튀는 옷 자체를 두려워하는 우리 마음이 문제라는 얘기다. 내가 아직도 미완성 상태임을 증명해주는 것밖에 되지 않는다.

나이 때문에 서투름이 용서받아서는 안 된다

나는 와카, 하이쿠, 시에 깊은 존경심을 갖고 있다. 내가 쓰는 소설은 불순물도 많고 완성도도 떨어진다. 도자기에 비유하면 대충 구워 내놓는 사발 같은 것이다.

그에 비해 짧은 와카와 시는 정교하게 빚어 오랜 시간 가마에서 구워내야 하는 자기와 같다. 소설은 장황할수록 그 모호함 때문에 환영받는 경우가 생기지만 와카, 하이쿠, 시는 글자 하나로 승부가 갈린다.

성경에 나오는 단어 중에 그리스어로 '헤리키아'라는 말이 있다. 보통 '수명'으로 번역되는데, '키

(신장)'나 '그 직업에 알맞은 나이'로 번역될 때가 있다. 그리스어에서는 한 단어가 여러 가지로 해석된다. 하나의 사건을 다양하게 해석하는 그들의 인생관과 닮았다. 헤리키아가 바로 그렇다.

우리는 수명을 어쩌지 못한다. 매년 받는 건강 검진으로 암과 고혈압이 일찌감치 발견되어 치료받게 되었으니 누구든지 오래 살 수 있다고 생각하겠지만, 현실은 그리 녹록치 못하다. 그것을 그리스인은 아주 오래 전부터 알고 있었던 것이다.

수명만이 아니다. 키도 내 마음대로 못한다. 어머니는 과거에 내가 여자치고는 키가 크다고 늘 걱정하셨다. 젊었을 때 내 키는 165센티였다. 지금은 170센티미터가 넘는 농구 선수 같은 처녀들이 많고, 스타일도 멋있지만 내가 젊었을 땐 아니었다. 어머니는 내가 키 때문에 시집을 못 가게 될까 걱정하셨다. 그러나 인간이 무엇을 구하든 운명은 자신이 정한 길로 나아간다.

'헤리키아'라는 단어에 '그 직업에 알맞은 나이'라는 의미를 담아낸 그리스인들은 위대한 예언가였다. 작가는 늙어서도 쓸모가 있다. 미시마 유키오처럼 늙어 쇠잔해지기를 거부한 작가도 있기는 하지만, 어쨌든 살아만 있다면 작가는 늙어서도 글을 쓸 수 있다.

글은 나이와 상관이 없기에 서툴게나마 시와 와카에 도전하는 노인들이 늘어나고 있다. 또 난생 처음 붓을 잡은 할아버지의 그림에 사람들이 열광하기도 한다.

작품은 나이와 상관없다. 그러나 나이 때문에 서투름이 용서받아서는 안 된다. 노인의 작품이니까 과대 평가 받는 일은 없어야 한다. 걸음마를 잘한다는 칭찬은 아기들 몫이다. 걸음마를 잘한다는 칭찬은 노인에겐 수치다. 만에 하나 그런 칭찬이 그립다면 그것은 응석에 지나지 않는다.

야구 선수 등을 비롯한 운동선수는 종목에 따라 프로 시합에 나갈 수 있는 나이가 얼추 정해진 모양이다. 마흔이 넘어서도 야구 경기에 나가는 예가 거의 없다고 한다. 나이 서른이면 거의 모든 종목에서 은퇴를 준비해야 될 노장 소리를 듣는다.

반대로 서른 살 먹은 작가에게 현실은 아직 넘지 못한 큰 벽이다. 나는 스물셋 젊은 나이에 데뷔했는데, 마흔 후반부터 내 글에 부끄러움을 느끼지 않게 되었다.

예술은 나이를 벽으로 여기지 않는다. 예술의 진가는 그가 몇 살이냐가 아닌 그 작품의 농도에 따라

결정된다. 이 나이에 이런 글을 썼다는 평가는 단순한 신기함일 뿐이다.

예술의 가치는 독립이다. 그래서 작가의 나이도, 건강도 변명 거리가 되지 않는다.

정작 자유를 지키는 사람은 보이지 않는다

자유는 반드시 의무를 동반한다는 것을 모르는 사람은 없다. '무엇이든 내 마음대로'는 타잔처럼 자기밖에 없는 세상에서 자력으로 살아가는 사람에 게만 허용된다.

우리는 인간들이 모여 사는 사회에 포함되어 있다. 많든 적든 그 은혜와 피해를 받을 수밖에 없다. 도시와 시골에 관계없이 교육과 수도와 전기를 공급 받는다. 텔레비전과 휴대 전화를 사용하고, 무료 구급차와 예방 주사를 맞는다. 이런 것들에는 의무가 동반된다.

전차가 있어 10킬로미터, 20킬로미터 떨어진 곳

까지 쉽게 가고, 사람을 만나고, 물건을 산다. 그 때문에 전차가 다니는 지역에서는 소음도 들리고 사고를 만나게 되는 경우도 있다.

자유롭게 내가 하고 싶은 일만 하고 산다는 것은 허락되지 않는다. 교통 법규는 지켜야 하고, 차도와 보도를 구별해야 한다.

남들과 공존해서 도시적인 편리를 얻기 위해서는 그 나름의 규칙을 지켜야만 한다. 간단한 일이지만 사람들 보는 앞에서 옷을 벗지 않는다. 함부로 배설하지 않는다. 왜냐하면 규칙이니까. 또 소유권을 지키기 위해 남의 것을 훔치지 않고, 상처 입혀서도 안된다.

그렇게 만들어진 세상에서 전쟁이 끝나고 70년 넘게 살아왔다. 세상과 나 사이에 기억할 만한 알력도 없었다. 내 인생은 겉으로 보기엔 사회적으로 무척 성공한 인생, 평온한 인생이었다.

사회에는 바람직하다고 인정되는 판단 기준이 있다. 시대에 따라 약간의 차이는 있지만, 취직할 때가 되면 그 '판단 기준'이라는 것이 슬프리 만큼 경박하게 움직인다. 한때 대졸생들에게 가장 인기 있는 회사 중 하나가 '일본항공'이었고, 불과 몇 년 전까지 '도쿄전력'도 포함되어 있었다.

이제 '일본항공'은 주식 상장에서 사라졌고, '도쿄전력'은 후쿠시마 제1원자력발전소 사고로 방대한 액수를 보상해야 되는 처지가 되었다. 새삼 '도쿄전력'에 입사 원서를 쓰려는 젊은이는 없을 것이다. 회사가 신규 채용에 나설지도 보장할 수 없다.

내가 보기에 취직이란 자기가 좋아하는, 또 이왕이면 약간의 전문적인 지식도 갖추고 있는 분야를 택하는 것이 옳다. 그런데 요즘 청년들은 매스컴과 은행, 관공서 등 알려진 기업에서 나를 채용해주면 무조건 들어가서 일하겠다는 다짐을 남발한다. 매스컴과 은행을 비교하자면 직원에게 바라는 재능이 전혀 다르다. 매스컴 종사자와 공무원이 직업에서 느끼는 행복의 기준이 다르다는 뜻이다.

청년들의 영혼에서 개성이 사라졌다. 자신이 무엇을 좋아하는지, 싫어하는지를 판별하지 못한다. 대학을 졸업해서도 알지 못한다. 아마도 전 생애를 걸고 하고 싶은 일을 찾아내는 젊은이는 매우 적을 것이다.

학교 성적 같은 건 아무래도 좋다. 적어도 작가 세계에서는 학교 수재가 작가로 대성할 수 있다는 보증이 되지 못한다. 오히려 학교에서는 열등생이었던 사람이 작가로서 큰 그릇이 될 확률이 높다는 기대감마저 있다.

인간의 일생은 최후의 최후까지 모른다. 단카이 세대(제2차 세계대전 직후 수년 간의 베이비붐 시대에 태어난 세대)가 어느덧 육십을 바라본다. 그들에게도 감당할 수 없는 인생의 결론이 펼쳐지게 된 것이다.

동급생 중에 성적도, 직업도, 사회적 평판도, 출세 경쟁에서도 항상 승리했던 친구가 몸이 망가져 오십을 바라보는 젊은 나이에 세상을 떠나거나 불치병에 걸리는 예는 흔히 볼 수 있다. 또는 재색을 겸비한 좋은 여자와 결혼한 남자가 환갑이 되기도 전에 치매에 걸린 아내를 보살피느라 직장도 그만두고, 남은 생애를 아내에게 바치는 경우도 적지 않다.

오래 살면 좋은 이유는 이처럼 인생이 역전되는 케이스를 자기 눈으로 볼 수 있어서다.

결론은 간단히 내려지지 않는다. 평가도 단순하게 함부로 내릴 수 없다. 인간은 자신이 얼마나 어리석은 존재인지를 겸허하게, 뼈저리게 느껴야 한다.

나의 인생을 결정할 권리는 누구에게 있을까. 당연히 자기 자신이라고 생각할 것이다. 더구나 현대 사회는 개인에게 선택의 자유가 철저하게 주어지는 시대다. 하지만 자유를 권리라고만 말할 뿐, 의무처럼 행사하고 있는 사람은 드물다. 나에겐 자유가 있다고 말하면서도 정작 자유를 지키는 사람은 보이지 않는다.

실패하더라도 내가 좋아하는 일을 한다

내가 분명히 소설가가 되려고 생각한 것은 초등학교 6학년 때다. 달리 잘하는 게 없어서이기도 했겠지만 나는 그때까지 집에서 작문 교육을 철저하게 받은 탓에 무엇인가를 쓴다는 것을 제법 자유롭게 할 줄 알았다. 표현하는 즐거움을 알아버린 것이다. 유명 피아니스트가 어렸을 때부터 엄한 연습을 받고 견뎌낸 결과 어느 사이엔가 순조롭게 프로의 길에 들어섰다는 고백과 비슷하다.

어머니는 초등학교 1학년 때부터 나에게 매주 일요일에 작문 하나씩 쓰게 하셨다. 그걸 쓰지 않고서는 놀러나가지 못했다. 그게 우리 집 규칙이었다. 처음에는 마지못해 작문을 쓰다가 조금씩 글을 쓰는 게 즐거워졌다. 초등학교를 졸업할 즈음엔 현실에서 겪은 이야기들뿐 아니라 상상했던 일들까지 내 마음대로 꾸며내기에 이르렀다.

그렇다고 의심 없이 작가의 길을 걷게 될 수 있다고 믿은 것은 아니다. 내가 읽은 책들과 문학 소녀에서 영락한 몰골의 아줌마가 된 어머니의 뒷모습을 통해 작가를 지망하면서도 작가가 되지 못한 사람들을 이해하게 되었기 때문이다. 그 두려움은 신인 작가 시절에 절정이었다. 불안한 미래가 더없이 무겁게 느껴졌다.

작가에겐 성공의 보증도, 수고한 만큼의 보상도 주어지지 않는다. 등단하고 10년이 지나도 원고가 팔리지 않으면 1천만 엔을 보상해주겠다는 보험 같은 건 없다. 원고료 수입은 변덕스러워서 이번 달에 단돈 1엔의 수입이 없더라도 실업 급여를 기대하기 어렵다. 작가를 지망한다는 것은 그런 위험을 각오하고, 평온한 인생을 포기하기로 자기 자신과 약속해야 되는 일이다. 자기 인생을 포기하고서라도 쓰고 싶다는 생각을 가져야만 된다.

그런데 세상에는 작가보다 더 힘든 길이 많다. 스웨덴의 지리학자로 중앙아시아 탐험 끝에 로프노르

호수를 발견한 스웬 헤딘이나, 영국의 선교사로 아프리카 오지에서 오랜 기간 탐험을 계속해 빅토리아 폭포까지 가는 길을 찾아낸 리빙스턴 등에 비하면 작가라는 직업에서 겪게 되는 고난은 별로 대수롭지 않아 보인다. 등산가나 선박 항해 등은 내가 상상할 수 있는 범위 밖에 있다. 나는 그처럼 무서운 모험은 생각하고 싶지도 않다.

그래도 요즘 젊은이들에 비하면 나의 인생은 자랑할 만하다고 느낀다. 그들은 실패의 위험이 있는 모험을 어리석음으로 받아들이지만 나는 그렇지 않았다. 나는 내가 좋아하는 길이라면 실패를 감수할 수 있다고 생각했다. 실패를 통해 내 삶이 갈기갈기 찢어질 수 있음을 알고 있었지만, 마음속 어딘가에서는 그렇게 되기를 바랐던 모양이다. 될 대로 되겠지, 라는 자신감이 나의 젊은 날에는 분명 숨어 있었다.

나만의 특별한 목적을 정하고 이룬다

친구 아들 중에 수재로 유명했던 녀석이 있다. 그 녀석이 갑자기 등교 거부를 하게 되었다는 말을 듣고도 나는 놀라지 않았다. 그깟 등교 거부가 세상이 무너지는 듯한 비극이라고는 생각하지 않았다. 나는 우선 친구에게

"당신이 나빴어."

라고 말했다.

"아빠라는 사람이 도쿄대학 법학부를 나와 너도 나처럼 도쿄대학에 들어가야 한다고 잔소리를 해대 니 아이가 버틸 수 있겠어? 그 아이한테 아버지보다 더 공부를 잘해야 한다는 생각이 얼마나 큰 고통이

었겠어."

　아들의 등교 거부 소식을 알리며 걱정하는 친구에게 이런 말을 했던 이유가 있다. 나는 '등교 거부 소년'과의 만남을 즐긴다. 그때 소년은 아직 중학생이었다. 친구의 부탁으로 소년을 만나러 갔다가 비틀즈 같은 그룹사운드에 관한 재미난 이야기를 듣고 밴드에 큰 흥미를 느끼게 되었다. 자유 분방한 소년의 사고방식도 무척 재미있었다.

　소년은 중학생이었지만 나 같은 어른과도 얼마든지 대화가 가능한 상태였다. 이렇게 똑똑한 아이가 낙오될 리 없다. 하지만 지금은 학교를 거부한다. 그게 어른들 눈에는 불안한 것이다. 당사자인 아이가 불안해하지 않는데 괜히 어른이 겁을 집어먹고 두려움에 떤다. 지금도 말할 수 있는 것은 학교를 거부하는 아이들 중에 열등생은 단 한 명도 없다는 점이다. 머리가 나쁜 아이들은 학교를 거부하지 않는다.

　어렸을 때부터 수재로 유명했던 친구에게 기독교 단체에서 운영하는 기숙 학교를 소개해주었다. 가정과 부모로부터 그를 떼어내는 것이 첫 번째 과제이기 때문이다. 학교에서도 사정을 이해해줬고, 부모들도 납득했다. 아이는 난생 처음 부모와 떨어져 지내게 되었다.

학기 초에 반을 편성하면서 학력 테스트 결과가 낮아 제일 공부 못하는 반에 들어가게 되었다.

"잘됐어."

내가 소년에게 말했다.

"거기서 처음부터 자세히 배울 수 있을 거야. 여기서 더 떨어질 일은 없을 테니 얼마나 좋아. 앞으로는 올라가는 일만 남았구나."

소년은 내 말이 우스웠든지 희미하게 웃었다. 객관적인 현실을 보면서 웃을 수 있게 되면 더 이상 궁지에 몰린 쥐가 되지 않는다. 결국 소년은 훌륭하게 다시 일어났다. 아버지의 기대대로 도쿄대학 법학부에 합격하지는 못했어도 멋진 사회인이 되었다. 중학생 시절의 좌절은 이제 추억에 불과하다.

좋기만 한 인생은 없다. 나쁘기만 한 인생도 없다. 게다가 현재 상황은 우리에게 혜택을 더 많이 준다. 그럼에도 사람들 입에서 불평이 그치지 않는다. 만일 인생이 덧없게 느껴진다면 특별한 목적을 갖지 못해서다.

나이가 들면 아침에 일어나 오늘 해야 될 일이 뭐가 있나 찾아봐도 없다는 게 서글퍼진다고 한다. 오늘은 어디에 가야 하는지, 무엇을 해야 좋은지 모르겠다는 것이다. 어떻게 시간을 보낼까, 고민하다가 하루가 간다. 시간이라는 것은 짓궂은 '생물'이다. 할 일이 많고 건강한 사람에게는 재빨리 지나가지만, 할 일이 없는 사람이나 병자에겐 매우 천천히 지나간다.

나이에 관계없이 남은 인생에서 이것만은 꼭하고 죽고 싶다는 꿈이 없는 사람들이 참 많다. 단념하게 된 것인지, 아니면 목적이라는 것은 위대해야 한다고 착각하고 있기 때문인지, 어느 쪽인지는 잘 모르겠다.

나의 목적은 대부분 작다. 오늘이야말로 입원 중인 그분에게 편지를 쓰자. 내 편지를 읽으면서 지루한 시간이 빨리 지나가주기를 기도하자. 냉장고에 있는 양파 두 개를 더 쓰자. 세 번째 서랍의 클립과 메모지를 정리하자…. 이런 게 고작이다. 일을 마치고 나면 만족과 행복으로 기분이 좋다. 내가 나를 생각해도 사랑스럽다.

상대방과 다르면서 비슷하다

1985년 에티오피아는 극심한 기아를 겪었다. 그 해에 나는 에티오피아 북부에 있었다. 수주일 전까 지 숱한 사상자가 나왔지만, 원조의 손길이 조금씩 전해지면서 죽는 사람들이 줄어들기 시작했다. 그렇 더라도 자리에 앉지도 못하는 남자들이 길가 잡초를 뽑아 입에 넣는 장면을 쉽게 볼 수 있었다.

하루는 두 명으로부터 자기 아이를 살려달라는 부탁을 받았다. 한 명은 아버지, 한 명은 어머니였 다. 아버지는 '아이 엄마가 죽어 젖 먹일 사람이 없 다. 당신이라면 어떻게든 이 아이를 살려줄 수 있을 것이다' 라고 말했다. 내가 직접 들은 이야기는 아니고 통역을 통해 전해들은 이야기였다.

나에게 아기를 부탁한 엄마는 아주 젊었다. 이제는 젖이 안 나온다며 힘없는 목소리로 내 품에 아기를 건네주려 했다.

문득 가방에 든 사탕이 생각났다. 하필 하나밖에 없다. 아쉽게도 내가 가진 것이라곤 사탕 하나가 전부였다. 아기에게 먹이기엔 사탕이 조금 컸다. 나는 엄마에게 사탕을 건넸다. 엄마가 이빨로 깨물어 아기에게 먹이리라고 생각했던 것이다.

그런데 잠시 후 너무나 슬픈 광경이 펼쳐졌다. 아기 엄마는 사탕을 맛있게 핥기만 할 뿐, 아기에게 나눠줄 생각이 없어보였다. 배가 너무 고팠기 때문이다. 결국 그녀는 혼자 사탕을 다 먹어버렸다. 이 사탕이라도 먹으면 메마른 젖이 조금 돌지 않을까, 라는 생각은 그녀 얼굴에서 찾아볼 수 없었다.

그게 인간이다. 모든 사회에 모성을 신성시 여기는 문화가 있다. 하지만 모든 어머니가 자기 몸을 희생시켜 자기 아이를 구하지는 않는다. 그것이 자연스러운 이치다.

아이를 위해 자기 목숨을 던지는 감동적인 이야기는 생명의 위험이 없는 공간과 시간을 살아가던 인간이 만들어낸 허구가 아닐까, 의심해본 적도 있다.

인생은 숭고하지도, 그렇다고 동물적이지도 않다. 삶의 매 순간에 약간의 진실과 허구가 있을 뿐이다. 사람은 동물인 동시에 인간이다. 그것이 우리의 현실이다.

나는 이상적인 세상을 믿지 않는다. 언제부터였을까 생각해보니 오래 전부터 그래왔던 것 같다. 그리고 이런 확신은 나이가 들수록 더욱 뻔뻔해지고 있다.

인간은 한시도 머무르거나 멈추지 않는다. 산다는 것은 움직이며 돌아다니는 것을 말하며, 그것은 끝없는 변화를 요구한다.

어렸을 때 나는 몸이 약했다. 지금처럼 속이 튼튼한 노인네가 될 줄은 몰랐다. 나는 십대에 전쟁을 체험했고, 이혼 후 하나뿐인 딸에게 인생을 맡긴 어머니 밑에서 자라나며 세상에 대한 배신 같은 걸 꿈꾸며 살아왔다. 여자라는 이유로, 하나뿐인 딸이라는 이유로 보호받는 내 자신이 싫어 일부러 가혹한 환경에 몸을 던지곤 했다. 그렇게라도 해야 내 안의 악한 충동이 밖으로 드러나지 않을 것이라고 생각했다.

다행히 나의 소망은 이루어졌다. 대신 교원병(병리조직학적으로 혈관의 결합 조직에 팽화(膨化)나 괴사(壞死) 따위의 변화가 발견되는 모든 질환——옮긴이)을 얻게 되었다. 아직까지는 증상이 가벼워서 아무렇지도 않은 날에는 건강한 사람과 똑같이 살 수 있다. 증상의 성질상 치료법이 확립되어 있지 않은 것도 마음에 든다. 치료받을 의무가 없기 때문이다. 그래서 나는 가고 싶은 곳이 있으면 간다. 병 때문에 몸을 아끼거나, 지레 겁을 먹고 싶지 않아서다.

우리들 대부분은 아직까지 극한 상황에 놓이지는 않았다. 여기는 중간 지점에 불과하다. 평범하게 살고 있으며, 중병은 아니더라도 작은 병 하나씩은 갖고 있다. 몸이 아파도 청춘은 청춘이며, 사랑하는 마음은 쉽게 지워지지 않는다.

우리는 선천적으로도, 운명적으로도 언제나 중간 지점에 서 있다. 우리가 늘 좋은 사람일 수는 없고, 늘 악한처럼 굴 수도 없다. 선량하지만 때로는 악한, 혹은 악하지만 때로는 선량한 사람이 되어 살아간다. 나도 그렇고, 내가 아는 사람들도 그렇고, 모두가 그렇다.

나이가 들어서도 어른이 되지 못하는 사람들이 있다. 숙명적으로 불순하고 불안정한 인간성의 본질을 알려고 하지 않아서다. 우리는 상대방과 결정적으로 다른 어떤 점이 없다. 결정적으로 동일한 것도 없다. 다르면서 비슷하다. 그래서 대립한다. 인생이

정치라면 다음 선거에서 승리하는 것으로 보상받겠지만, 인생은 그저 묵묵히 나의 길을 걸어가는 게 고작이다.

나의 선택은 혼자도 좋고, 친구를 불러도 좋다. 하루에 잠시나마 차를 마시며 시간을 보낸다. 좋아하는 과자도 먹는다. 누군가와 함께 있을 때는 그에게 내가 마시는 차를 강요하지 않는다. 과자가 먹기 싫은 날엔 홋카이도 남동부 연안에서 잡힌 바다빙어 말린 것을 뼈째 씹어 먹는다. 캄차카에서 온 바다빙어는 값이 아주 싸다. 돈이 없을 땐 이것만으로도 행복해질 수 있다.

차를 마시지 않아도 된다. 중요한 것은 인간의 마음을 흐르는 시간에 떠나보낼 수 있느냐…. 오직 그뿐이다.

옮긴이 김욱

작고. 언론계 최일선에서 오랫동안 활동했다. 인생 후반부에 인문, 사회, 철학, 문학 등 다양한 분야의 서적을 탐독하며 사유의 폭을 넓히는 삶을 살았다. 지은 책으로 《취미로 직업을 삼다》 《폭주노년》 《삶의 끝이 오니 보이는 것들》 《탈무드에서 마크 저커버그까지》 《성공한 리더십, 실패한 리더십》 등이 있고, 옮긴 책으로 《약간의 거리를 둔다》 《지적 생활의 즐거움》 《간소한 삶, 아름다운 나이 듦》 《여행하는 나무》 《아미엘의 일기》 《니체의 숲으로 가다》 《쇼펜하우어 문장론》 《동양기행》 《황천의 개》 《노던라이츠》 《지식생산의 기술》이 있다.

무인도에 살 수도 없고
인간에게 성숙이란 무엇인가

1판 1쇄 인쇄 2020년 5월 4일
1판 1쇄 발행 2020년 5월 14일

지은이 소노 아야코
옮긴이 김욱
펴낸이 김현정
펴낸곳 도서출판 리수

등록 제4-389호(2000년 1월 13일)
주소 서울시 성동구 행당로 76 110호
전화 2299-3703
팩스 2282-3152
홈페이지 www.risu.co.kr
이메일 risubook@hanmail.net

© 2020, 도서출판 리수
ISBN 979-11-86274-58-3 03830

※책값은 뒤표지에 있습니다.
※잘못 제본된 책은 바꾸어 드립니다.
※이 도서의 국립중앙도서관 출판시도서목록(CIP)은 서지정보유통지원시스템 홈페이지 (http://seoji.nl.go.kr)와 국가자료공동목록시스템(http://www.nl.go.kr/kolisnet)에서 이용하실 수 있습니다. (CIP제어번호 : CIP2020018260)

책읽는고양이

약간의 거리를 둔다

소노 아야코의 에세이. "좋아하는 일을 하든가, 지금 하는 일을 좋
아하든가" "인생은 좋았고, 때로 나빴을 뿐이다" "자기다울 때 존
엄하게 빛난다" 등등 정말 맞는 말이라 무릎을 치게 만드는 조언
들, 어이없을 정도로 간단하지만 감히 뒤집어볼 엄두조차 내지 못
했던 삶의 진리들이 가득하다. 객관적 행복을 좇느라 지친 영혼을
위로하는 책으로 '나' 자신을 속박해온 통념으로부터 벗어나 나답
게 사는 삶으로 터닝할 수 있도록 이끌어준다. 9900원.
매경 · 교보문고 선정 "2017년을 여는 베스트북"
예스24 선정 "2017년 올해의 책"

타인은 나를 모른다

베스트셀러 《약간의 거리를 둔다》의 작가 소노 아야코가 전하는
'관계로부터 편안해지는 법'. 짧지만 함축적 언어로 인생의 묘미
를 표현하는 소노 아야코식 글쓰기가 돋보이는 책으로, 타인과 나
는 다르며, 또 절대 같아질 수 없음을 상기시킨다. 이를 통해 타인
으로부터의 강요는 물론, 나의 생각을 받아들이지 못하는 상대로
인한 스트레스로부터 편안해지는 기본기를 다져준다. 9900원.

남들처럼 결혼하지 않습니다

소노 아야코의 부부 심리 에세이. 부모의 불화 속에서 자란 저자
가 아나키스트 부모 밑에서 자란 남편을 만나 완전히 상반된 부
부상을 경험하면서 깨달은 결혼의 본질과 배우자 선택에서부터
성격 차이, 대화, 바람기, 배우자의 가족 등등, 부부가 되어 겪는
다양한 갈등에 대한 이해를 담았다. 10,900원.

좋은 사람이길 포기하면 편안해지지

소노 아야코 에세이. 사람으로부터 편안해지는 법. '좋은 사람'이라
는 틀 속에 갇혀 까딱하면 남들 눈에만 흡족한 껍데기로 살기 쉬운 현
실 속에서, 타인의 평가에 휘둘리지 않고 굳건히 '나'를 지켜내는 법
과, 원망하지 않고 진정 편안한 관계로 가는 지혜를 전한다. 11,800원.

알아주든 말든

소노 아야코 에세이. 나답게 살기 위해 놓치지 말아야 할 '인생의 본질'을 말한다. 성공, 성실, 호감, 좋은 관계 등등 세상의 좋은 것들을 나열하고, 독려했다면 진부했을 것이다. 저자는 오히려 실패, 단념, 잘 풀리지 않았던 관계 등등 누구나 꽁꽁 숨기고 싶어하는 경험들 속에서 인간의 본성과 언행의 본질을 끄집어냄으로써 나를 직시하게 만든다. 11,200원.

조그맣게 살 거야

미니멀리스트 진민영 에세이. 외형적 단순함을 넘어 내면까지 비우는 삶을 사는 미니멀 라이프 예찬론. 군더더기를 빼고 본질에 집중하는 삶을 통해 '성공이 아닌 성장', '평가받는 행복이 아닌 진짜 나의 행복'으로 관점을 바꿔준다. 11,200원.

아버지 가방에 들어가실 뻔

파리를 100번도 더 가본 아트여행 기획자인 아들이 오랜 원망의 대상이었던 아버지와 함께 떠난 단 한 번의 파리 여행을 계기로, 아버지를 이해하게 되고 나아가 가족 내 상처 치유와 관계 회복은 물론, 20여 년 간 일해온 여행업에서도 다시금 맥락을 잡아가는 기적과 같은 변화를 담고 있다. 이를 통해 진정한 '나다운 삶'이란 상처와 조우하는 용기와 언제나 내 편이 되어주고 묵묵히 바라봐주는 가족에 기반함을 전한다. 김신 지음. 13,000원

되찾은 시간

잃어버린 시간을 찾아서 시작한 독립서점 '프루스트의서재'는 단순한 책방이기보다 '나다운 삶'을 실현하는 공간이자 시간이다. 진정성 있는 삶을 찾는 이 책은 '나다움'을 담보로 누리는 우리의 달콤한 풍요에 물음표를 던진다. 박성민 지음. 13,800원.

내향인입니다

홀로 최고의 시간을 보내는 내향인 이야기. 얕게는 내향성에 대한 소개부터 깊게는 사회가 만들어놓은 많은 정형화된 '좋은 성격'에 대한 여러 가지 회의적 의문을 제기한다. 진민영 지음. 11,800원.

루캣유어셀프 ___ 단편소설에서 나 다운 삶을 찾다!

001 개를 키우는 이야기 / 여치 / 급히 고소합니다
다자이 오사무 지음, 김욱 옮김, 5,900원

002 비곗덩어리
기 드 모파상 지음, 최내경 옮김, 5,900원

003 여학생 / 앵두
다자이 오사무 지음, 김욱 옮김, 5,900원

004 갈매기 / 산화 / 수치 / 아버지 / 신랑
다자이 오사무 지음, 김욱 옮김, 7,900원

005 파리에서의 정사 / 쥘 삼촌 / 아버지 / 몽생미셸의 전설
기 드 모파상 지음, 최내경 옮김, 5,900원

006 보석 / 목걸이 / 어떤 정열 / 달빛 / 후회 / 행복 / 첫눈
기 드 모파상 지음, 최내경 옮김, 11,200원

※ 루캣유어셀프 시리즈는 계속 발간됩니다.

얼리퍼플오키드 ___ 단편으로 만나는 초기 페미니즘

001 한 시간 사이에 일어난 일
최면 / 아내의 편지 / 라일락 / 데지레의 아기 / 바이유 너머
케이트 쇼팽 지음, 이리나 옮김, 7,900원

002 징구
로마의 열병 / 다른 두 사람 / 에이프릴 샤워
이디스 워튼 지음, 이리나 옮김, 9,900원

※ 얼리퍼플오키드 시리즈는 계속 발간됩니다.

타산지석 시리즈

"여행은 보이지 않는 지도에서 시작된다."

※타산지석시리즈는 계속 발간됩니다.